CLAUDIA BOCŞARU

PUTEREA DURERII

CLAUDIA BOCȘARU

PUTEREA DURERII

VOLUMUL 2

Design copertă : Banner Image

Prima ediție: 2021

ISBN 978-1-68474-200-4

Dedic această carte mamei mele, Nidia, cu adânc respect și admirație profundă.

Mulțumesc pentru că mi-ai fost și îmi ești alături, ești cel mai puternic și altruist om ce l-am cunoscut vreodată, mă inspiri și mă înveți mereu atât de multe.

Te iubesc și îți sunt recunoscătoare pentru viață, pentru educație și pentru tot.

Mulțumiri

Mulțumesc fiicei mele pentru sprijinul moral oferit zi de zi, pentru grija față de mine și pentru sfaturile date legate de acest volum al cărții.

Mulțumesc mamei mele pentru că m-a încurajat să continui să scriu, care m-a ajutat enorm prin iubirea sa necondiționată și vorbele înțelepte.

Mulțumesc unei persoane dragi ce mi-a fost alături pas cu pas, care m-a lăudat, criticat, corectat, sfătuit, astfel încât carte aceasta să fie o carte bună, pentru oricine ar alege să o citească.

Mulțumesc Banner Image pentru coperta minunată a cărții, este exact ce mi-am dorit și am simțit că s-ar potrivi acestui volum.

Mulțumesc lui Dumnezeu pentru că mă ghidează mereu, pentru inspirație, pentru putere și pentru tot.

Mulțumesc anticipat tuturor celor ce vor alege să citească cartea și celor ce o vor recomanda și de asemenea mulțumesc celor ce m-au susținut și încurajat să merg înainte și să continui să scriu.

Sunteți minunați și nu aș fi reușit să public acum fără sprijinul vostru moral.

Vă mulțumesc tuturor din suflet.

Cuprins

Prolog

Binecuvântările apar în viața celor care cred în ele, iar Iris și Sorin primiseră cea mai frumoasă binecuvântare, vestea că vor avea un copil.

Fericirea de a deveni părinți nu se asemăna cu nici o fericire din trecutul lor și așteptau cu nerăbdare venirea pe lume a Minei. După ce au discutat pe tema căsătoriei, au decis ca să își unească destinele în fața lui Dumnezeu, înainte de nașterea fetiței lor.

Datorită faptului că nu își doreau o nuntă mare, au decis să organizeze cununia civilă și cea religioasă, cu un număr restrâns de invitați.

Sorin și Iris au programat pe data de 10 Aprilie oficierea căsătoriei, la care au participat 30 de invitați. Au avut parte de o ceremonie simplă și frumoasă, într-un cadru intim, alături de părinți, nași și cei mai apropiați prieteni de familie.

Iris purtase o rochiță lungă, albastră, ce avea imprimat pe ea crini albi, iar părul era lăsat liber pe spate și ondulat. Avea un machiaj discret ce îi punea în valoare frumusețea ei naturală.

Nici Sorin nu era mai prejos, arătând extrem de bine în costumul albastru, deschis, ce se asorta cu rochia purtată de Iris, precum și cu ochii lui.

Pe sub sacou, purta o cămasă albă, simplă și o cravată albastră. Împreună se potriveau minunat, iar lumea venită la căsătoria lor, îi admira cu mare drag.

Imediat după slujba oficiată la biserică, s-au îndreptat toți spre restaurantul ales de ei, aflat în partea nouă a orașului. Carul cu flori era unul din restaurantele preferate de ei, datorită atmosferei frumoase, a preparatelor foarte bune, dar mai ales datorită ospitalității și servirii ireproșabile.

Seara acea a fost pentru Iris și Sorin, cea mai frumoasă din toate câte au avut până atunci, iar totul a decurs perfect, exact cum și-au dorit.

Amintirea acelei zile avea să le rămână în minte și în suflet toată viața.

Clara, împreună cu Emil și Andrei, Maria, Alina și Kirk, precum și alți prieteni apropiați lor, le-au fost alături, participând cu drag la primul eveniment important din viața lor.

Fiecare din ei trăia aşa cum simţea şi îşi dorea, iar asta era punctul lor comun, faptul că nu urmăreau să îşi trăiască viaţa aşa cum le impunea, indirect, societatea, ci cum credeau că era mai bine. Singura cale de a trăi din plin era iubirea, iar dacă aceasta exista în inima lor, atunci totul era posibil şi potrivit. Până la urmă, fiecare avea propria concepţie despre viaţă, iar ei ştiau asta, de aceea erau prieteni. Se respectau reciproc şi nu îi interesa felul fiecăruia de a trăi, ci doar dacă erau fericiţi.

Pentru ei toţi, Iris, Sorin, Clara, Emil, Maria, viaţa avea să le rezerve surprize frumoase, schimbări şi evenimente ce erau menite să îi ajute să evolueze, să cunoască şi să experimenteze lucruri noi, ca parte din experienţa personală a fiecăruia. În viaţa lor, totul avea un motiv, iar oamenii ce le apăreau în cale, îşi puneau amprenta, într-un fel sau altul, în cartea vieţii lor.

Vise împlinite

Era 30 Septembrie 2016, o zi frumoasă de toamnă. Undeva, într-un salon al maternității din Sibiu, Iris fusese adusă de urgență, datorită durerilor și contracțiilor dese. După ore întregi, în care Sorin insistase să o ducă la spital, Iris acceptă în final, deoarece deja intensitatea acelor dureri și contracții era tot mai mare.

După ce o doctoriță o consultă, o transferă în sala de nașteri. Aflată acolo, simți deodată o durere puternică de coloană, și căută să înțeleagă motivul. La scurt timp, o altă durere o făcu pe Iris să își muște buzele, abținându-se să nu țipe.
Din ce auzise ea și citise, durerile de naștere includeau în principal dureri abdominale și mai rar, durere de spate atât de profundă, cum avea ea atunci. Tocmai din acel motiv, durerea aceea neașteptată, o surprindea. Fără să poată să își controleze corpul, începu să tremure tot mai des,

la fiecare contracție însoțită de o nouă durere de spate. Nu putea descrie prea bine ce simțea, iar de aceea, nici asistentele nu prea înțelegeau de ce reacționa așa.

O femeie în alb se apropie de ea și începu să îi vorbească cu o voce hotărâtă:

- Bună, Iris. Cum ești? Eu sunt Sofia, doctorița ta. Dacă mă auzi și nu poți vorbi, doar mișcă puțin degetele. Dacă poți vorbi, doar spune da.

Doctorița vroia să vadă cât de conștientă era în acele momente, deoarece tot ce făcea Iris era să tremure și să geamă de durere.

Iris răspunse încet:

- Da…vă aud.

- Bun, mă bucur, Iris. Ești la spital, ai intrat în travaliu și este momentul să aduci pe lume fetița ta. Ce vreau să te rog e să te concentrezi cât poți de mult și să fii atentă la ce îți spun să faci. Știu că ai dureri mari, însă de acum nu va mai dura mult. Totul va fi bine și curând vei ține în brațe minunea ta. Ești pregătită să începem?

Iris aprobă din cap, în timp ce teama amestecată cu bucurie îi inundă sufletul.

O asistentă era lângă capul ei, întrebând-o mereu dacă e bine. Iris dădea ușor din cap, căutând să rămână conștientă în acele momente.

Durerea unei nașteri pe cale naturală era mare, iar aceea durere intensă la coloană era tot mai greu de suportat pentru ea. Ca și cum Dumnezeu ar fi auzit gândurile ei, deodată a simțit o durere intensă, apoi totul s-a terminat.

O liniște de mormânt s-a lăsat pentru câteva clipe, iar înainte ca Iris să se panicheze, se auzi un scâncet cristalin de bebeluș.

Iris simți cum e cuprinsă de o fericire de nedescris, poate cea mai mare de până acum.

Lacrimile începură să se rostogolească pe obrajii ei roșii ca focul, iar emoțiile ei nu se asemănau cu nici o emoție din trecut.

Întoarse ușor capul către geam și își fixă privirea pe un brad verde, înalt, aflat în curtea maternității.

Asistenta ce îi stătea alături de Iris, o întrebă dacă se simte bine, puțin îngrijorată de ea.

Iris zâmbi, se uită la ea și îi răspunse afirmativ.

- Da, sunt bine.

- Felicitări Iris, ai născut o fetiță sănătoasă și frumoasă, spuse Sofia, doctorița ce se ocupase de naştere. Spunând acestea, se apropie de Iris, cu micuţa făptură în braţe.

Cu o emoţie imensă, Iris se uită curioasă şi fericită. Văzu un bebeluş cu o piele albă ca spuma laptelui şi o privire de înger, ce nu părea să aibă vreun defect, poate doar acela de a fi perfect, aşa cum îi părea ei.. Ochişorii mici aveau o culoare nedefinită, verzi-căprui.

Timpul parcă se oprise în loc, iar Iris savura din plin acel moment de fericire deplină.

Toate clipele de până acum din viaţa ei ce îi aduseră un gram de fericire păleau în faţa acelui moment prezent atât de perfect.

Zâmbi către fetiţa ei şi o văzu cum îi zâmbeşte înapoi. Acel zâmbet împărtăşit împreună îi umplu inima de iubire deodată, dându-i o linişte aparte. Pupă pe frunte acea minune ce era parte din ea, mulţumind în gând lui Dumnezeu.

Lacrimi de fericire se rostogoleau pe obrajii ei, iar ochii aveau o strălucire unică, cum nu mai se întâmplase până atunci.

Toată durerea simţită dispăruse ca prin magie, lăsând loc unui sentiment intens de linişte şi fericire. Totul durase câteva momente, apoi o asistentă luă fetița ei și o duse în salonul de nou născuți. Iris se uită după ea lung, până ce asistenta ieși pe ușa salonului alb, care părea acum un mic colț de rai.

Sofia îi spuse, pe un ton serios:

- Iris, fetița ta e bine, acum trebuie să ne ocupăm de tine. Nu știu cum de ai putut să duci la bun sfârșit această sarcină, pentru că medical nu era posibil, după ce am descoperit acum. Motivul pentru care ai avut acele dureri de spate intense și profunde, este că ai avut placenta lipită de spate. E un caz rar să se întâmple asta, nu există multe explicații legate de asta, însă important e că totul s-a terminat cu bine și ai născut. Va trebui să te mai țin puțin, pentru că în timpul nașterii, placenta nu s-a desprins de spate, iar acum trebuie să ne ocupăm de asta. Nu va dura mult, apoi vei putea să te odihnești, după atâtea ore de travaliu.

Ești o femeie foarte puternică și mă mir cum de ai avut puterea să reziști, însă să știi că a meritat.

Dumnezeu te-a binecuvântat cu o fetiță minunată, de care poți fi mândră. După câteva minute, totul se termină, iar Iris răsuflă ușurată.

Nici o clipă nu regretase decizia sa de a naște natural, chiar dacă durerea a fost greu de suportat. Faptul că ea a adus pe lume un bebeluș i se părea extraordinar și o binecuvântare supremă. Să aibă privilegiul de a fi mamă i se părea minunat și se considera o femeie împlinită sufletește.

Nimic din trecut sau viitor nu putea egala miracolul nașterii unui copil, pentru ea.

Doctorița Sofia mai rămase câteva minute, ajutând-o pe Iris să se mute pe un pat din salon, unde să se odihnească puțin, după naștere.

- Iris, vei sta puțin aici, apoi cineva te va ajuta să mergi în salonul 4, unde vei sta pentru câteva zile. Voi veni puțin mai târziu cu fetița ta, însă acum trebuie să te odihnești, da?

- Da, am să mă odihnesc foarte bine acum, pentru că am un motiv întemeiat, numit Mina, spuse Iris zâmbind.

- Perfect! Ne vedem mai târziu în salon.

Acestea fiind spuse, Sofia se îndepărtă încet, zâmbind și ea la auzul vorbelor spuse de Iris.

Motive întemeiate a găsit și ea atunci când viața a pus-o la încercare, când totul s-a schimbat într-o clipă.

Oare trebuie să căutăm motive întemeiate pentru tot ce facem? Oare viața nu e un motiv suficient pentru a ne simți motivați? Oare faptul că Dumnezeu ne binecuvântează zi de zi nu e de ajuns?

Trebuie să învățăm să prețuim mai mult viața și pe noi, iar atunci cu siguranță vom vedea că în acest fel, tot ce primim aparte de asta, e o binecuvântare în plus. Luăm totul de-a gata, ne considerăm îndreptățiți să avem sănătate, familie, bani, iar toate acestea de multe ori nu ni se par îndeajuns.

Iris era un om ce era conștient de binecuvântările din viața ei și Sofia o admira pentru asta, deși o cunoscuse foarte puțin.
A auzit-o pe Iris în multe rânduri exprimându-și recunoștiința ei față de cei ce îi erau alături, atunci când venea la cabinet la control în timpul sarcinii.
La câteva ore după naștere, Iris a fost dusă în salonul 4, unde mai erau încă două mămici împreună cu bebelușii lor.

Salonul era spațios, având 3 paturi puse la distanță unul de altul, iar lângă fiecare pat se afla câte un pătuț mic. Culoarea albastră predomina pe cei patru pereți ai salonului, iar din loc în loc erau pictați mici norișori albi. Patul ei se afla lângă fereastră, iar de acolo putea vedea câțiva din brazii verzi aflați în curtea spitalului. Era o priveliște ce avea să îi rămână imprimată în memorie mult timp. Pentru ea, totul făcea parte din această experiență nouă de viață, pe care o accepta cu inima deschisă, dispusă să învețe cât mai mult. Avea de gând să fie o mămică model pentru fetița ei și să formeze cu ea o legătură strânsă, unică și deosebită.

Cu aceste gânduri, Iris aștepta cu mare nerăbdare să vină momentul în care Sofia, doctorița ei, să vină cu Mina, fetița ei.
Nu a mai durat mult și exact asta s-a întâmplat, iar Iris a primit cu brațele deschise pe fetița ei.

- Uite Iris, ți-am adus prințesa ta. E foarte frumușică și cuminte, să îți trăiască mare și sănătoasă, spuse Sofia, apoi se înclină spre Iris și îi dădu pe Mina.

- Mulțumesc mult, răspunse Iris. Ținea la piept, cu emoții mari, fetița ei. Visul ei mare de a avea un copil se împlinise.

Atât Iris cât și Mina erau îmbrăcate cu haine de culoare albă, luminând parcă întreaga încăpere.

Iris își pupă pe frunte fetița și o mângâie ușor pe cap.

La scurt timp, pe ușa salonului, intră Sorin cu un ursuleț mare, roz, și cu un buchet de crini albi și albaștri în mână. Era îmbracat casual, blugi negri și o bluză albă, cu anchior, iar în picioare pantofi negri, iar deasupra un palton scurt, negru. Un bărbat atrăgător, purtând așa cadouri era clar o raritate.

Toate privirile se îndreptară spre el, iar el simți cum se roșeste la față. Emoția imensă se citea pe chipul lui. Se apropie ușor, parcă pășind pe vârfuri, temându-se să nu facă prea mare gălăgie. Salută pe doctorița și pe Iris, apoi puse ursulețul imens de pluș pe patul unde era Iris.

Iris zâmbi și îi spuse:

-Uite tati, avem o fetiță minunată.

Sorin se aplecă încet și le pupă pe frunte pe amândouă. Pe Mina o privea cu dragoste și admirație, fiind convins că seamănă tare mult cu el.

- Este minunată, într-adevăr, iubita mea.

- Vrei să o ții în brațe?

Sorin dădu afirmativ din cap, emoțiile copleșindu-l. Iris așteptă până ce Sorin puse crinii pe noptiera de lângă pat, iar apoi o puse pe Mina ușor în brațele lui.

 Se uită atent la amândoi.

 - Se pare că Mina seamănă mai mult cu tine, tati.

Sorin zâmbi fericit.

 Doctorița Sofia interveni în discuție.

- Trebuie să fiu de acord cu asta, are trăsăturile lui și zâmbetul tău, Iris. Vă doresc zile binecuvântate împreună. Acum vă las 10 minute, apoi trebuie să te odihnești Iris, iar bebe la fel.

- Mulțumim frumos, spuse Sorin. Promit să nu stau prea mult, deși nu m-aș mai dezlipi de ele.

Rămași doar ei trei, arătau atât de frumoși, încât oricine i-ar fi văzut, i-ar fi îndrăgit pe loc.

- Vă iubesc enorm, prințesele mele. Îți mulțumesc, iubita mea soție, pentru această minune de copil. Vă promit că voi face tot ce îmi stă în putință să vă ofer o viață frumoasă.

- Te iubim și noi. Îți promit și eu că voi face tot ce pot pentru a fi cât mai fericiți împreună.

Fericirea se instalase în sufletele lor și îi făcea să se simtă euforici. Sorin mai rămase puțin, apoi, le pupă din nou pe amândouă și plecă acasă, cu promisiunea că se va întoarce a doua zi.

O promisiune ce atunci îi părea foarte realizabilă, deși, în sinea sa, știa bine că nimic în viață nu e garantat și că prezentul este singura garanție.

Lupta cu viața

După ce ieși din salonul unde era Iris, Sofia merse în cabinetul ei, închise ușa și se așeză la birou. Se uită la poza de pe biroul ei, de unde fetele ei, Alessia și Daria zâmbeau fermecător, îmbrățișând-o, împreună cu Mihai, soțul ei.
Alessia semăna cu Mihai, amândoi cu ochii căprui, tenul alb și părul șaten închis.
Daria, în schimb, semăna cu Sofia, brunetă cu ochii negri și părul castaniu.

Gândul îi zbură la un moment din trecutul ei, când se afla în cabinetul unui medic specialist oncolog. Se afla acolo împreună cu Mihai, care o convinsese să facă niște analize mai amănunțite.

Totul pornise din ziua când ea leșinase în fața casei. Întâmplător sau nu, exact atunci ieșise Mihai și o prinsese, exact când ea se prăbușise la pământ, pierzându-și cunoștiința.

După o vizită la urgențe, a fost trimisă de către medicul de acolo să facă analize de specialitate.

Sofia avea simptome ciudate, cum ar fi dureri de stomac și de spate mari, oboseală extremă, lipsa apetitului, febra, precum și alte simptome, cum nu mai avusese, de aceea, era din ce in ce mai îngrijorată.

Teama îi cuprindea mintea și sufletul, și oricât încerca să se liniștească, nu reușea. Era teama de a nu avea ceva grav și netratabil.

Alessia și Daria erau mai protective cu ea, iar Alessia, fata ei cea mare, devenise deodată foarte matură în gândire, deși avea doar 8 anișori. Latura ei protectivă se declanșase odată cu episoadele repetate de leșin și amețeli ale mamei sale. O iubea nespus de mult și vroia să îi arate că e alături de ea, de aceea o încuraja mereu și decise să se ocupe mai mult de surioara ei mai mică, Daria.

La cei 4 anișori, Daria nu prea realiza ce se întâmplă, doar vedea că mamei sale îi era tare rău de la o vreme. Începuse să se ducă des la ea și să o îmbrățișeze, pupând-o într-una. Se alinta apoi în brațele ei mult timp.

- Mami, îți mai este rău? Te pup eu și trece tot, ai să vezi.

- Nu, iubita mea. Gata, mi-a trecut, răspundea Sofia cu tandrețe.

Daria imediat căuta și confimarea Alessiei.

- Vezi, Ale, mami e mai bine acum.

- Da, așa e. Acum hai să ne mai jucăm un pic, să o lăsăm pe mami să se odihnească.

Spunând acestea, Alessia o lua pe Daria în altă parte, realizând de multe ori, cât de greu era pentru mama ei să se prefacă în fața Dariei că e bine, pentru a nu o îngrijora.

Sofia își amintea aceste momente ca scene dintr-un film tragic, nicidecum realitatea care existase în viața ei, în trecut. Ziua nefastă în care Sofia aflase diagnosticul bolii ei avea să fie o zi de neuitat pentru ea și Mihai, ar fi vrut să o șteargă din memorie, dacă ar fi fost posibil.

Se afla atunci în cabinetul doctoriței Dorobantu Melania, medic specialist în oncologie și aștepta împreună cu Mihai, venirea ei.

Așteptarea aceea era greu de suportat, iar amândoi erau nerăbdători să afle rezultatele analizelor complexe făcute cu 2 săptămâni în urmă. Mihai se gândea că întotdeauna așteptările noastre sunt de fapt suma speranțelor noastre, a gândurilor noastre pozitive. Atunci când așteptăm, indiferent că e un rezultat pe care îl bănuim sau unul ce nu îl putem ghici, inevitabil devenim tensionați, agitați, nerăbdători.

Câteodată ajungem să facem mii de scenarii în mintea noastră, fără ca unul din ele să aibă o bază concretă.

Așa se întampla și cu ei atunci, iar în acel moment, aveau deja amândoi nenumărate concluzii legate de starea de sănătate a Sofiei.

Mihai își privise soția cu dragoste, îi luase mâna și o pupase.

- O să fie bine, ai să vezi.

- Doamne ajută, a răspuns ea cu emoție în glas.

Ușa cabinetului s-a deschis larg, iar doctorița Melania a intrat înăuntru cu un dosar alb în mână.

Era îmbrăcată în alb, cu părul prins la spate și un machiaj discret ce îi punea în valoarea frumusețea. Doar părul negru aducea o pată diferită de culoare, contrastând cu albul ce predomina în ținuta ei. După ce îi salută pe amândoi, se așeză pe fotoliul negru de la biroul ei. Aparte de cele 3 fotolii din cabinet, care erau negre și o măsuță crem, totul era alb, inclusiv biroul. Pe pereți erau puse două tablouri cu flori, pictate în nuanțe deschise.

Totul era așezat într-o ordine perfectă și crea celor ce intrau acolo o stare de liniște, de relaxare, din păcate de multe ori era liniștea dinaintea furtunii, a luptelor ce urmau în mintea și trupurile pacienților.

Doctorița se uitase la Sofia și Mihai, apoi i se adresase Sofiei:

- Am repetat analizele tale pentru a fi sigură de rezultat. Au ieșit la fel, iar acum îți pot spune ce am aflat.

- Am înțeles, spuse Sofia cu o voce tremurândă. Se simțea o tensiune mare în acea cameră, iar Melania se decise să nu mai amâne anunțarea rezultatelor.

Înainte însă, se uită la Mihai și îi văzu privirea îngrijorată.

- Mihai, mă bucur că ai venit și tu acum, pentru a fi alături de soția ta în aceste momente.

- Nu aş fi în altă parte acum, aici e locul meu, acum şi pentru totdeauna, alături de ea, pentru că o iubesc şi o voi iubi mereu.

Sofia zâmbi şi îi strânse mâna dreapta, în semn de mulţumire.

-Deci, continuă el, aţi descoperit cauza simptomelor ciudate din ultima vreme? Care este aceasta?

- Da, Mihai, am aflat.

Doctoriţa Melania îşi îndreptă privirea către Sofia şi i se adresă cu o voce blândă ce parcă se voia a îndulci vorbele grele.

- Sofia, motivul pentru care ai aceste simptome este că ai o tumoare malignă, un cancer ce este în stadiu avansat. Îmi pare rău că trebuie să îţi dau această veste. Sofia se uita la ea însă deja nu mai era acolo cu mintea, căci la auzul acelor cuvinte, şocul a fost extrem de puternic. Ochii i s-au umplut de lacrimi şi nu era în stare să scoată un cuvânt.

- Poftim?? Nu se poate! S-au greşit analizele, nu are cum, exclamă Mihai cu durere în glas.

Nu se poate! Soţia mea este bine, nu a avut nimic până acum. Trebuie să fie o greşeală!

Lacrimile îi curgeau pe obraz, în timp mâinile îi tremurau ușor, incontrolabil.

Se ridică repede și se apropie de Sofia, apoi o luă în brațe și o strânse tare, cu dorința de a o liniști, însă fără prea mult succes.

Sofia nu putea reacționa, paralizată de șocul produs de acea veste. Începuse să tremure și plângea încet, repetând într-una:

"Nu e adevărat, nu e adevărat!"

Doctorița se ridicase încet și în timp ce se ducea spre ușă, le spuse:

- Îmi pare rău că a trebuit să vă dau această veste, aș fi vrut să nu fie adevărat.

Vă las 5 minute și revin pentru a vă explica ce e de făcut în continuare.

Nu mai așteptase o confirmare și ieși, lăsându-i pe cei doi să asimileze vestea ce le-a dat-o.

După ce Sofia auzi că ușa se închise, se uită la Mihai și izbucni deodată.

- Nu se poate, chiar nu înțeleg, nu fumez, nu beau, nu am nici un fel de vicii dăunătoare, cum să am cancer?

- Sofia, nu știu de ce, dar eu sunt alături de tine și indiferent ce va fi, vom trece împreună prin asta.

Îi luă mâna dreaptă și o pupă încet, cu respect și afecțiune. Apoi o îmbrățișă strâns în brațe, mângâind-o ușor pe păr. Cum să îi spună să fie tare, când nu reușea el asta? Vestea venise ca un șoc și nu înțelegea cum și de ce se întâmplase asta.

- Mihai, de ce mie? De ce nouă?

Sofia se uita cu ochi rugători la el, așteptând un răspuns ce putea face totul să fie mai ușor de asimilat.

- Nu știu de ce, iubita mea.

Rămași cu multe întrebări ce nu își aflau răspuns, amândoi așteptau acum să afle mai multe despre ce urma să facă Sofia.

Doctorița Melania intră din nou și se așeză la birou.

- Sofia, pentru a înțelege mai bine, îți voi explica mai detaliat.

Începu să îi spună cât de grav și avansat era cancerul și că în momentul acela, era obligatoriu să înceapă imediat un tratament dur, prin ședințe de chimioterapie, la un spital din Cluj.

Șansele de vindecare erau de 40%, doar cu condiția de a respecta cu strictețe tot tratamentul.

Acum totul depindea de cum corpul ei rezista la tratament și dacă putea să facă față mental, la următoarea perioadă, ce nu se întrevedea deloc ușoară.

Doctorița ținu să le repete că tratamentul propus de ea nu e obligatoriu și că în plus, odată început, exista riscul ca acel cancer să se răspândească mai rapid, iar în unele cazuri putea ducea și la deces. Totuși, indiferent de riscuri, ședințele de chimioterapie și radioterapie, erau singurele șanse de vindecare.

După ce le răspunse la întrebări și le mai oferi informații, ce îi puteau face să înțeleagă mai bine tot, se ridică și le spuse:

- Vă las să vă gândiți și să te pregătești, Sofia, însă te sfătuiesc să iei o decizie cât mai repede, deoarece nu e timp de pierdut. Nu e un tratament ușor și vei porni la un drum greu, plin de durere și dificultăți, însă la capătul lui ai șansa de a te salva. Nu va fi ușor deloc, însă nu e imposibil.

- Am înțeles, spuse Sofia, cu glasul stins.

Apoi doctorița îi oferi un bilețel pe care scrisese o adresă și un număr de telefon.

- Aici ai datele clinicii din Cluj și a doctoriței ce se va ocupa de tine în continuare și te aștept aici din nou, la o dată ce o voi stabili curând. Vei primi o scrisoare pentru a confirma programarea. Mult succes la Cluj și dacă ai nevoie de ceva, imi poți scrie oricând pe email sau pe whatsApp.

- Mulțumesc, așa voi face, spuse Sofia, apoi se pregăti să plece.

- La revedere!

- La revedere!

Mihai dădu mâna cu doctorița, apoi o urmă trist și tăcut pe Sofia.

Plecară spre casă, acolo unde îi așteptau Alessia și Daria, cărora trebuia să le spună că vor fi multe schimbări și că mama lor era grav bolnavă. Sofia nu concepea ideea morții și chiar dacă realitatea de atunci era sumbră, nu s-a lăsat pradă fricii și gândurilor negre.

Toate acele amintiri erau păstrate de Sofia ca o dovadă a puterii ei de a depăși cea mai grea perioadă din viața ei.

Nici acum, după ani de zile de la acea experiență, nu îi venea să creadă cât de puternică a fost. Știa că datorită lui Dumnezeu, lui Mihai, a fetelor și a credinței, curajului și încrederii ei, a reușit să supraviețuiască.

În plus a reușit ca pe lângă lupta cu viața, să își descopere menirea ei pe acest pământ.

Situațiile extreme ne fac să fim mai conștienți de tot ce ne dorim și de ce suntem capabili să facem.

Nu ar fi cerut intenționat asemenea situații, pentru că erau extrem de dureroase, însă faptul că le-a avut și le-a depășit, a făcut din ea acel om puternic.

Pe parcursul drumului ei spre o nouă viață, fără cancer, a întâlnit oameni care au inspirat-o să continue. La rândul ei, a inspirat pe cei ce au parcurs același drum al vindecării.

Nu ar fi crezut atunci, demult, că ea ar putea inspira pe alți oameni, iar dacă cineva i-ar fi spus asta, ar fi zâmbit și ar fi negat.

Nu se considerase capabilă de acest lucru, până în momentul în care o prietenă i-a mărturisit că o admiră și o apreciază enorm pentru puterea ei de a merge înainte, de a crede și a spera.

A fost prima dată când a primit acel compliment în acea perioadă, însă nu ultimul. Pas cu pas, a inspirat oameni prin atitudinea ei dar și prin ajutorul ei moral.

În momentele cele mai grele, când a simțit că e prea greu de suportat totul, Sofia s-a gândit la tot ce nu a reușit să facă, la tot ce ar fi dorit să realizeze, la tot ce ar fi făcut-o fericită în viață. Avea o familie, avea unde locui și strictul necesar, iar pentru asta era recunoscătoare. Totuși, ea se gândea cum ar fi fost dacă ea ar fi continuat studiile, dacă și-ar fi permis să viseze mai mult decât era în momentul când s-a îmbolnăvit.

După ce miracolul s-a întâmplat și ea a reușit să învingă cancerul, și-a promis că nu va mai amâna niciodată să facă ceva ce ar putea să o facă să se simtă împlinită, mai mult decât era, pe plan profesional și personal.

O nouă viață

Sorin ajunse acasă repede după vizita scurtă de la spitalul unde era Iris și Mina, internate. Bucuria ce o simțise la vederea fetiței lui, nu putea fi descrisă în cuvinte. Sunt anumite momente ce pot fi înțelese, doar dacă sunt trăite, cel puțin așa credea Sorin. Nerăbdător să aranjeze totul pentru venirea acasă a fetiței și soției lui, hotărâ să apeleze la ajutorul lui Emil, cu care se împrietenise mai demult. Era printre puținii prieteni ai lui, prefera să aibă mai puțini dar de încredere.

Prietenia între oameni era din ce în ce mai greu de menținut și tot mai mult vedea că o prietenie în acea perioadă se menținea doar datorită unor interese și beneficii.

Sorin nu era genul de om ce cumpăra o prietenie cu anumite favoruri, iar când observa că unii îi sugerau asta, se îndepărta de ei. Din fericire, mai existau și prieteni sinceri, iar Emil era unul din ei. Îl sună să îi spună și lui vestea nașterii fetiței lui și să îl roage să îl ajute să amenajeze câteva lucruri din casă.

- Salut, Emil, ce faci?

- Salut, Sorin, bine, mulțumesc. Să nu zici că a născut Iris! Ești tătic cumva?

- Da, sunt cel mai fericit tătic al unei fetițe minunate, iar în plus îmi și seamănă mult.

- Felicitări, tăticule. Să aibă o viață minunată. Ooo, îți seamănă? Ești un norocos. Asta merită sărbătorit. Când dai de băut?

- Păi când poți tu, și azi dacă nu ai un program anume. Poate vrei sa treci pe la mine, să desfacem o sticlă de șampanie? Bineînțeles, doar cu acordul Clarei, nu vreau să intervin în planurile voastre.

- Nu pot să te refuz, mai ales cu așa o ocazie. Cred că pe la 6 deseară aș putea. E ok pentru tine?

- Da, e bine atunci. Ne vedem mai târziu. Salut, Emil.

- Salut, Sorin și vezi să nu începi fără mine sticla de șampanie.

- Nu, nu, promit, răspunse Sorin și închise telefonul.

Ziua trecuse repede și cei doi prieteni, se aflau acum, împreună, la Sorin acasă, povestind despre nașterea Minei și planurile de viitor.

Sorin împărtăși cu Emil grija lui, legată de camera Minei, ce nu apucase să o aranjeze, deși totul fusese cumpărat. Nu se așteptase ca Iris să nască așa repede și acum trebuia ca totul să fie gata în 2 zile, până când Iris venea cu Mina acasă, din spital.

Emil ascultă cu atenție și apoi îi spuse lui Sorin că ar putea să îl ajute a doua zi, pentru că era liber de la lucru.

- Asta vroiam să te rog, Emil, însă nu știam cum să fac asta, zise Sorin zâmbind.

- Simplu! Doar zici, că de aceea suntem prieteni, să ne ajutăm.

- Mulțumesc mult, Emil.

- Cu plăcere, Sorin. Mâine aranjăm frumos, ca atunci când îți vin fetele acasă, să fie fericite.

Sorin și Emil continuară să vorbească de planurile pentru a doua zi, în timp ce savurau șampania și friptura pregătită de Sorin.

Târziu, Emil își luă la revedere și plecă acasă, unde îl aștepta Clara și Andrei.

În timp ce se îndrepta spre casă, se gândea cât de mult se schimbase viața lui, de când a decis să lucreze în compania unde era Iris și Clara.

Chiar dacă în timp, niciunul din ei nu mai lucra acolo, totuși au păstrat legătura și mai mult de atât, au devenit prieteni de familie, el, Clara, Andrei, Iris și Sorin.

Petreceau împreună sărbătorile și onomasticile, precum și unele concedii de odihnă.

Diferențele de vârstă dintre ei nu îi deranja, chiar dacă el și Clara aveau 41 de ani, iar Iris și Sorin aveau 26, respectiv 30 de ani.

Respectul, bunele maniere, credința și iubirea erau caracteristici comune, iar toate acestea îi făcea pe ei să mențină acea frumoasă relație de prietenie.

Cu aceste gânduri, Emil ajunse acasă, iar când deschise ușa, Andrei îi sări pe neașteptate în brațe.

- Tati, ce bine că ai venit! Mi-a fost dor de tine!

- Vai, m-ai speriat, Andrei, spuse Emil zâmbind și strângându-l tare în brațe. Am fost la Sorin și Iris acasă, se pare că acum au o fetiță minunată, Mina.

- Ai văzut-o înaintea mea? De ce ai mers fără noi? Voiam să o văd și eu.

- Andrei, stai liniștit, nu am văzut-o. Doar peste două zile o aduce acasă. Am fost doar să vorbesc cu Sorin.

- A, bine, atunci te iert, zâmbi Andrei și îl pupă pe obraz. Vom merge împreună să vedem pe Mina, atunci când va ajunge acasă.

Acum hai să mergem la masă, mami ne așteaptă cu ceva bun, continuă Andrei trăgând pe Emil de mâna stângă.

Din bucătărie venea un miros de clătite și imediat ce Emil intră cu Andrei înăuntru, Clara îi întâmpină cu un zâmbet larg. Emil o îmbrățișă și îi mulțumi din priviri pentru tot ce ea îi oferea.

Nu aveau nevoie de cuvinte mereu, pentru că pacea se simțea în acea casă și în sufletele lor și de multe ori, era de ajuns o privire, pentru a își exprima recunoștiința și iubirea unul față de celălalt.

De multe ori, tot ce trebuie să facem, e să lăsăm inimile să vorbească, ele au răspuns la întrebările noastre de zi cu zi, gândi Emil.

El nu spera mai demult să poată avea așa o familie frumoasă și faptul că Andrei a decis singur să îi spună " tati" îi umplea inima de fericire.

Îl simțea pe Andrei ca și copilul său și permanent se implica în viața lui, la școală și acasă. Faptul că nu avea copilul său natural îl intrista puțin, dar nu ar fi schimbat pe Andrei cu nici un alt copil. Poate că Dumnezeu așa a vrut ca el să primească un copil ca Andrei, pe care să îl educe, împreună cu mama sa, și Andrei să simtă dragostea de părinte vitreg iar Emil dragostea unui copil.

Nu punea la indoială planul lui Dumnezeu, pentru că știa că totul se întâmpla cu un motiv.

Nu mai dură mult până ce merseră să doarmă.

Andrei îi pupă pe amândoi și merse în camera lui, apoi Clara și Emil se retraseră și ei în camera lor, se puseră în pat, adormind unul în brațele celuilalt.

După ce se schimbă în pijamalele lui preferate, primite de la mama sa, Andrei îngenunche lângă pat, apoi începu să se roage lui Dumnezeu.

Se ruga în fiecare noapte pentru părinții săi, pentru sănătatea și liniștea lor. Deși a trebuit să accepte divorțul lor, iar scenele violente îi reveneau în minte de multe ori, Andrei își iubea tatăl și se ruga pentru el. Simțea și spera că relația lor se va îmbunătăți în timp, pentru că el își dorea din tot sufletul să țină o legătură strânsă cu el. Îl iertase pentru reacțiile sale, însă nu le uitase, deoarece acele amintiri încă erau o traumă vie pentru el. Recent, tatăl său cunoscuse o altă femeie, iar la o ieșire de-a lor, o aduse și pe ea și i-a făcut cunoștiință cu Andrei.

Acea zi a fost una tare plăcută, iar pentru prima oară, după mult timp, tatăl său i-a spus din nou că îl iubește. Poate că a făcut-o ca să o impresioneze pe noua sa iubită, sau poate chiar simțea asta, în ambele cazuri, Andrei era fericit. Ca orice copil, simțea aceea nevoie de iubire din partea părinților. În plus, el nu era vinovat de ce se întâmplase în familia lor și faptul că părinții săi au divorțat. Nici nu căuta un vinovat. Acceptarea acelei situații era singura cale de a merge înainte, așa îi spusese mama lui și îi dădea dreptate.

Poate că așa trebuia să se întâmple și nimic din ce ar fi făcut vreunul din ei nu ar fi schimbat situația în care s-au aflat ei.

Un om nu este rău mereu, dar nici bun mereu. Fiecare din noi avem o parte bună și una rea, iar aceste părți se manifestă câteodată, nu tot timpul. Andrei credea cu tărie că putea să păstreze o relație bună cu tatăl său, iar pentru asta se ruga în fiecare seară tatălui ceresc.

Nu uita să se roage pentru Emil, tatăl său vitreg, pe care de altfel, îl simțea ca un tată adevărat, pentru că îl iubea și proteja cu multă iubire.

Mereu era prezent la ședințele de la școală, la meciurile de fotbal sau la orice serbare școlară.

El și mama lui, veneau mereu împreună și Andrei era tare fericit să îi vadă acolo, alături de el. Pentru el, ca și copil, fericirea lui era să-și vadă părinții sănătoși și fericiți. Iar pentru el, părinți erau tatăl său și mama sa, Emil și Dumnezeu.

Pătura nopții îl învălui în liniște, ferindu-l de răceala din aer, păstrând căldura sufletului său într-o armonie perfectă.

A doua zi, Emil l-a ajutat pe Sorin să aranjeze camera pe care Mina avea să o aibă pentru ea.

După ce au terminat, au admirat amândoi acel mic colț de rai. Camera era zugrăvită în roz pal, iar mobilierul era de asemenea roz.

În mijocul camerei se afla un pătuț minunat din lemn, pe care Sorin l-a ales împreună cu Iris, cu 2 luni înainte, iar aproape de el o canapea. Totul era acum pregătit pentru a întâmpina mica prințesă cu bine. Mai rămânea doar ca Iris și Mina să vină acasă, și să înceapă toți trei această nouă viață împreună. Un drum pe care porneau fără prea multe cunoștiințe despre cum să se poarte ca și părinți, fiind prima lor experiență de acest gen, însă cu multă iubire unul față de celălalt.

Oare nu aceasta era cea mai importantă componentă a unei vieți de familie fericite și împlinite? Oare iubirea nu era flacăra vie ce menținea focul din inimile lor?

După ce au terminat tot ce aveau de făcut, Emil plecă acasă, iar Sorin mai stătu puțin apoi adormi cu gândul la cele mai dragi ființe din viața lui, Iris și Mina.

În cealaltă parte a orașului Sibiu, într-un salon al maternității, Iris o adormea pe Mina, în brațe, la piept. După ce se asigurase că a adormit, o puse încet în pătuțul micuț de lângă patul ei.

Se uita la Mina cu o dragoste infinită și nu se mai putea sătura privind-o. Își dorise mulți ani un copil, iar acum Dumnezeu o binecuvântase.

Nu îi venea să creadă că acea fetiță frumoasă, cu tenul alb și ochii verzi-căprui, era a ei.

Îmbrăcată toată în alb, cu o bonețică alb cu roz pe cap și botoșei la fel, Mina părea cel mai frumos copilaș, cel puțin așa era pentru Iris, care nu îi găsea nici un defect. O mângâie ușor pe spate și pe mânuțe, apoi se puse în pat și adormi liniștită și foarte fericită. Fericirea de a fi mamă o copleșea și o făcea să realizeze cât de binecuvântată era acum.

Așteptase timp de mulți ani să devină mamă și la un moment dat era aproape să renunțe la acel vis. Acum se bucura că nu renunțase.

Zilele trecură repede și cu mari emoții, Iris, Sorin și micuța Mina ieșiră din maternitate și se îndreptară spre casă.

Acolo, Iris descoperi surpriza lui Sorin şi camera Minei pregătită deja.

Se uită spre Sorin surprinsă, după care îi spuse:

- Te iubesc enorm! Cum de ai reuşit să faci asta?

- Eu vă iubesc mult pe amândouă, spuse el, după care le pupă pe frunte. Sincer, nu am făcut singur, Emil m-a ajutat.

- Un prieten adevărat, atât el cât şi Clara.

Iris se uită în jur, încântată, totul era frumos aranjat şi cu bun gust.

Mina adormise, aşa că se duse şi o puse uşor în pătuţul ei, acoperind-o cu o păturică albastră cu crini albi pe ea.

Apoi amândoi se aşezară pe canapeaua de lângă pătuţ. Iris se bucura de faptul că aveau o căsnicie cu adevărat frumoasă, nu fabricată din minciuni şi interese. Pe lume venise Mina, iar asta îi făcea tare fericiţi, dar în acelaşi timp invidiaţi de alţii. Poate de aceea câţiva din prietenii lor se retrăseseră şi încetară să mai comunice cu ei. La început s-au mirat, însă apoi au înţeles motivul pentru care acei prieteni au acţionat aşa.

Mulți din ei prezentau o imagine falsă a relațiilor ce le aveau, pentru a avea o imagine bună în societate. De fapt, realitatea era că nu se mai înțelegeau, însă alegeau să meargă înainte așa, pentru a rămâne o familie, chiar dacă nu mai erau o familie decât în acte.

Societatea păstra aparențele cu orice preț iar pentru asta mulți erau dispuși să facă compromisuri ce îi făceau nefericiți. Iris și Sorin erau evitați de multe cupluri tocmai pentru că nu le plăcea să se prefacă și nici nu aveau nevoie. Dragostea lor era sinceră și curată, iar din zi în zi se iubeau mai mult și erau tot mai apropiați.

Fascinat de frumusețea soției sale, chiar și atunci când avea doar câteva zile de când născuse, Sorin începu să o mângâie pe păr și se aplecă să o sărute. Iris răspunse sărutului lui pasional, după care, uitându-se la el, îi spuse:

- Tati, ne vede Mina, nu e frumos să ne sărutăm de față cu ea.

- Dar de ce nu, mami? Nu ne vede, doarme.

Zâmbea și o privea cu drag, ca în prima zi în care s-au cunoscut.

Iris îi răspunse, încercând să pară serioasă:

- Pentru că nu se cade, dar fac o excepție acum, că ne cunoaștem...

Sorin începu să râdă.

- Ooo, mulțumesc frumos, e o onoare. Voi ține cont și mă voi revanșa curând. De fapt, chiar acum, spuse el și până să își dea seama Iris, o sărută din nou, de data aceasta atingând-o ușor pe gât, apoi coborând cu mâna ușor în jos.

- Așa te revanșezi tu? Fii cuminte! Spuse Iris, neputând să se abțină să nu râdă.

Atracția ce o simțea față de soțul ei era una puternică și de fiecare dată când erau aproape, nu putea să se abțină și nici nu voia.

Nu dură mult până ca Mina să se trezească și să înceapă să plângă. Sorin merse la ea și o luă în brațe înainte ca Iris să apuce să facă asta.

Cuprinsă cu mare grijă, Mina zâmbea din brațele tatălui său și cu mânuța ei dreaptă, micuță, albă, strângea un degețel de al lui.

- Ce drăgălași sunteți! Mă topesc de dragul vostru, spuse Iris.

- Păi să nu cumva să faci asta, replică Sorin. Nu vrem să rămânem fără mami.

- Bine, nu mă mai topesc, dar vă pupăcesc tare de tot.

Se apropie de Mina și Sorin, prima dată o pupă pe Mina pe mânuțe, pe obrăjori, pe frunte apoi îl pupă și pe Sorin pe buze.

Petrecură împreună acea seară, în trei, pentru prima dată. Nu le era ușor, însă se aveau unul pe altul și asta le dădea putere să se descurce în rolul lor nou de părinți.

Un copil în viața lor era o binecuvântare și ei știau asta, dar în același timp era și o mare responsabilitate, cea mai mare de până atunci.

Nici unul dintre ei nu știa cum să se poarte ca și părinți, chiar dacă în teorie știau câte ceva și au văzut la alții, nimic nu se compara cu experimentarea proprie.

Sfaturile de la unii prieteni, ce erau deja părinți, erau bune, însă difereau între ele. Fiecare copil reacționa diferit și fiecare părinte avea soluția sa, pe care o credea cea mai bună. În timp ce unii susțineau sus și tare că doar prin duritate și multă disciplină, se putea educa un copil, alții spuneau că doar cu dragoste și credință poți reuși să educi corect un copil. Din fericire, Iris și Sorin luau decizii împreună, bazate pe gândirea și principiile lor. Nu erau de acord cu violența fizică sau psihică și spuneau asta oriunde mergeau, cu toate că, din păcate, câțiva apelau la asta, când era vorba de a își educa copiii. Acesta era unul din motivele pentru care au fost dați la o parte din cercurile lor de prieteni.

Datorită faptului că se aveau unul pe altul, pe Clara și Emil, Maria, plus încă doua cupluri ce gândeau la fel, acceptaseră distanțarea aceea cu detașare. În casa lor predomina pacea, iubirea, credința și liniștea.

Deveniseră părinți iar asta schimba toată viața lor, deoarece aveau acum un alt stil de viață, cu alte obiceiuri și renunțarea la unele din cele vechi.

Prioritară era acum familia lor și trebuiau să decidă tot ce făceau, luând în calcul că aveau acum un bebeluș. Erau conștienți că peste ani de zile, amândoi vor realiza că a renunța la unele tabieturi a fost necesar pentru educația frumoasă a copilului său. Cu siguranță nu erau nici primii și nici ultimii părinți, însă doar ei erau părinții Minei și era de datoria lor să o crească frumos.

Iris şi Sorin ştiau că un copil copiază automat ceea ce aude şi vede, de aceea trebuiau să fie atenţi. Ei erau conştienţi că nu ai cum să pretinzi de la copilul tău să fie liniştit şi cuminte, când tu, ca părinte, ţipi toată ziua şi îţi verşi nervii pe el şi pe cei din jur. Tocmai de aceea, discutau despre cum să păstreze armonia din casa lor.

Nu avea să fie uşor, însă nu erau genul de oameni ce renunţă imediat, iar ei aveau baza cea mai frumoasă, iubirea.

Prima zi din viaţa lor în 3 se încheia frumos, iar ca ea cu siguranţă urmau multe altele, doar dacă cumva destinul nu le pregătise altceva.

Siguranţa exista în momentul prezent, însă nimic din viitor nu le era cunoscut şi nici garantat.

Oare nu era acesta un lucru bun? Oare acel mister ce plana asupra zilei următoare nu era ceva plăcut? Cum ar fi fost să îşi cunoască viitorul?

Ce farmec ar mai fi avut fiecare moment din viaţa lor, dacă ar fi ştiut ce se întâmplă în viitor?

Aveau prezentul şi se bucurau de el.

Iris ştia că cel mai indicat pentru ei era să înveţe pas cu pas, împreună, să o crească pe Mina, aşa cum simţeau ei că e mai bine şi în

același timp informându-se corect despre tot
ce era legat de creșterea și educația ei.

Dragostea, blândețea și o răbdare infinită față
de Mina, era calea cea mai potrivită pentru
educația ei, cel puțin asta era părerea ei.
Bineînțeles că și sfaturile mamei ei erau de
neprețuit și de mare ajutor și se bucura că putea
apela la ea când avea nelămuriri.
Iris a adormit imediat, însă nu pentru mult timp.
Un nou născut dormea puțin, iar ea știa că
nu mai putea să aibă somnul adânc, cel puțin nu
pentru un timp.

Dar ce sacrificii nu face o mamă pentru copilul
ei?

Prezentul
devenit trecut

Dimineața acelei zile de toamnă aducea cu ea o nouă schimbare în viața Mariei.

După luni de zile de relație cu Cosmin, prima ei iubire, totul revenise din nou ca înainte, la începuturile primei relații.

Deși amândoi se iubeau foarte mult, ceva totuși nu îi lega destul de mult încât să pornească o viață împreună, ca și familie.

Conversații și planuri aveau mereu însă nimic concret iar timpul nu stătea în loc pentru nici unul dintre ei. Poate că nu timpul era problema lor principală, poate că unul din ei sau chiar amândoi nu erau hotărâți să facă pasul decisiv spre o nouă etapă a relației lor.

Faptul că el era mereu plecat și că nu putea să se stabilească definitiv înapoi în Sibiu, era unul din motivele principale ale acestei amânări.

Maria se gândea cu tristețe cum de unii oameni se pierd din cauză că aleg să aibă alte priorități în viață, nerealizând că cea mai mare prioritate a noastră trebuie să fie iubirea.

Iubirea e liantul tuturor și prin iubire putem construi și crea nenumărate bogății sufletești și financiare. Greu de crezut pentru unii că iubirea poate ajuta în vreun fel să devii un om realizat însă pentru a crede trebuie să înțelegi iubirea.

Un om ce nu înțelege cât de puternică e iubirea nu va putea să aleagă ca prioritate asta, pentru că ar fi convins că nu e de ajuns.

Maria cunoscuse mulți oameni ce au pornit pe drumul vieții în comun doar cu iubire și încredere.

Apoi, au început să clădească zi de zi, o viață frumoasă, până când au ajuns să aibă ce au visat, sufletește, profesional și financiar.

Puterea exemplului exista, însă putea fi văzută doar de cei dispuși să o vadă, iar Cosmin nu părea să fie dispus.

Cu sufletul întristat de aceste concluzii la care ajunsese, Maria îi trimise un mesaj, nu înainte de a se gândi foarte bine la ceea ce face.

"Bună, Cosmin. Trecutul ne-a devenit prezent pentru un timp. Acum prezentul a devenit trecut pentru totdeauna. În numele a tot ce a fost să fie și ar fi putut să fie, îți mulțumesc. Îți redau libertatea căci nu te vreau legat de nimic, nici măcar de mine. Nu regret că am avut o nouă șansă, pentru că în acest fel am putut să vedem amândoi cât de mult ne-am maturizat.

Iubirea unește atunci când nu e condiționată de nimeni și nimic.

Să nu uiți asta niciodată."

Decizia de a încheia această etapă din viața ei a luat-o greu, însă cu mult curaj și încredere că era soluția potrivită și evitase să dea prea multe explicații.

Tot ce decisese până atunci în viața ei, era mereu bine gândit înainte.

Știa că nu trebuia să se grăbească și nici să acționeze atunci când era supărată.

Tocmai de aceea căuta mereu soluții de a remedia ce nu era ok, însă atunci când se terminau soluțiile și era clar că nu mai era cazul să insiste, lua decizia finală, la care nu se întorcea niciodată.

În timp ce Maria se gândea la felul cum acționa, primi un mesaj scurt pe telefon de la Cosmin.

"Bună Maria. Nici eu nu regret tot ce am avut și îți mulțumesc. Sper că vei găsi persoana potrivită pentru tine și că vei avea parte de tot ce îți dorești. Poate că nu e menit să fim împreună pentru totdeauna, ci doar pentru un timp.
Să nu uiți că te-am iubit."

Atât doar a avut de spus Cosmin, iar acest lucru a venit să confirme ce Maria deja a înțeles, faptul că el nu era pregătit pentru a își întemeia o familie, cel puțin nu cu ea.

A fost surprinsă să vadă cât de ușor a renunțat el fără să lupte pentru relația lor, însă nu l-a judecat pentru că nu avea sens. Nu schimba cu nimic să pornească discuții inutile care nu ar fi dus nicăieri. Dacă iubirea lui pentru ea ar fi fost profundă, ar fi încercat să o convingă să rămână împreună.

O nouă zi începea pentru Maria, însă de această dată, era prima zi din noua sa viață.

A pierde un om, despărțindu-te de el, poate fi greu de suportat, însă a rămâne lângă un om ce
nu te pune ca prioritate în viața sa, este inutil și fără de folos. Tocmai de aceea e mai bine să renunți la un om decât să te agăți de el.
Când renunți, nu o faci din egoism, ci din dorința de a fi fericit atât tu cât și celălalt.

Sunt atâția oameni nefericiți în lume, încât nu mai e nevoie de alții în plus, ci de oameni ce se iubesc și se completează, care prin felul lor de a simți și acționa pot inspira pe alții să își creeze viața la care visează.
Maria se gândi că totuși nu pierduse tot ce iubea.

Asociația ei "Suflet pentru suflet Maria Magdalena", era parte din viața ei și avea datorită acestei asociații, multe bucurii.
Datorită unor persoane publice ce au decis să doneze sume importante de bani, Maria reușea să îi ajute mai mult pe copiii ei, așa cum îi plăcea să le spună. Dragostea cu care elevii ei o înconjurau zi de zi, atunci când ea le preda, era de nedescris. Lumina din privirile lor blajine și vorbele lor frumoase îi mângâiau sufletul Mariei, atât de încercat. Îi plăcea cel mai mult felul cum o

întâmpinau în fiecare zi când avea lecții cu ei. Veneau toți înaintea ei și nu plecau până nu o îmbrățișau strâns, cu mare drag. Maria cunoștea mulți oameni mereu, prin prisma activității ei, atât în cadrul asociației, cât și a bisericii.

Puțini din cei pe care îi întâlnea aveau atâta putere interioară ca acei copii speciali și atât de multă sinceritate și iubire în ochi și în suflete. Majoritatea oamenilor maturi erau preocupați de viața lor exterioară, iar pe sufletul lor puneau un lacăt invizibil. Nu o făceau conștient, însă așa credeau că se apără de anumite suferințe, fără să realizeze, că de fiecare dată când fugeau de suferință, ea apărea și mai mult în viața lor. Oare a fugi de suferință era o soluție bună? Oare nu era mai bine să accepte tot ce apărea în viața lor și să schimbe durerea cu puterea? Să accepte durerea și să o transforme în putere, pas cu pas, încet și cu răbdare, cu maturitatea experiențelor avute.

Pentru Maria, puterea ei era acum, credința sa și acei copii, iar fiecare bucurie de-a lor era și bucuria ei. Datorită implicării ei și a multor oameni, în asociație, reușise să strângă suficienți bani pentru a da viață unui nou proiect de suflet, care se numea "Crează-ți lumea ta!".

Practic era o bursă de studii pentru 5 elevi din școala specială. Lor li se oferea lecții de muzică, dans, actorie, la Teatrul Gong din Sibiu, asociația suportând costurile.

Era o șansă la un viitor frumos și cu mai multe posibilități de reușită în viață, deși toți erau pentru Maria elevi și copii învingători. Chiar dacă aveau mici sau mari dizabilități, aveau o voință ce depășea orice imaginație, o voință de a reuși, de a își depăși propiile limite și a ieși din zona de confort. Teama era pentru ei ceva firesc și erau conștienți că nu trebuiau să o ascundă.

Puteau însă să o mențină sub control, să nu îi dea voie să îi acapareze prea mult.

Ei știau că odată ce se lăsau pradă ei, pierdeau lupta psihică ce se dădea în interiorul lor.

Maria își aduse aminte de răspunsul unuia dintre elevii săi la întrebarea pusă de ea legată de teamă.

"Dacă noi putem să ne controlăm această frică de a eșua, de a acționa, atunci nimic și nimeni ne va putea schimba gândirea. Noi deținem controlul gândirii noastre și de noi depinde ce alegem să fim: victime sau învingători."

Aceste cuvinte spuse de Doru, i-au rămas în memorie Mariei, pentru mult timp.

Permanent învăța de la elevii ei cum să iubească viața și cum să fie recunoscătoare mereu pentru tot ce are și să considere fiecare pierdere ca o lecție de viață necesară pentru ea.

Un mesaj pe telefon a făcut-o pe Maria să tresară. Era Clara ce o întreba dacă era ocupată, pentru că voia să meargă la spitalul unde era Iris. Decise să o sune și Clara răspunse imediat.

- Bună, draga mea. Ce faci?

- Bună, Maria. Bine, mulțumesc, mă gândeam să mergem la Iris, deși nu știu dacă se simte destul de bine pentru a primi vizite.

- Poate ar fi bine dacă i-am da un mesaj înainte, ce zici, Clara ?

- Da, ai dreptate. Știu cum e după naștere și acum are nevoie de liniște. O să vorbesc cu ea la telefon și apoi te anunț.

- Bine, atunci aștept mesajul tău.

Maria închise telefonul, după ce își luă la revedere de la Clara. Dupa nici 5 minute, primi un nou mesaj de la Clara, în care îi spunea că vor aștepta până când Iris va merge acasă cu Mina. Toate la timpul lor, se gândi Maria.

Drumul nostru este cel pe care găsim ceea ce ne lipsește și unde putem întâlni pe cei care ne vor însoți mereu, fără să ne abandoneze la jumătatea lui. Cât de mult adevăr era în acele vorbe avea să afle curând, iar totul avea să se schimbe în viața ei, din nou, pe toate planurile.

Dincolo de aparențe

Sofia se odihnea puțin în patul din camera de gardă a maternității din Sibiu.

După o noapte grea, avea doar două ore la dispoziție pentru a se odihni, apoi începea din nou, deoarece o colegă o rugase să îi țină locul puțin. Amintirile o răscoleau din nou și reluă firul gândurilor de mai devreme, din momentul când ea cu Mihai mergeau spre casă, în urmă cu 6 ani, cu vestea ce o primiseră de la doctor, cum că ea aflase că avea cancer în stadiu avansat.

Nu puteau înțelege acea veste tulburătoare, dar trebuia să le o spună și fetelor, deși nu știau cum.

Cum să spui la doi copii că mama lor are cancer și e posibil să moară? Cum să le spui că trebuie să urmeze un tratament numit chimioterapie, pe lângă multe altele, şi că următorii 2 ani vor fi plini de chin şi durere pentru toţi?

Mihai se gândea cum să facă rost de banii necesari, pentru ca soţia sa să se facă bine. Trebuia să îşi ia un job bine plătit şi să se împrumute de undeva. Trăiau de la o lună la alta şi nu aveau prea multe posibilităţi. Era un singur lucru ce îl ştia şi acela era că va face imposibilul pentru ea ca să o salveze.

O iubea enorm, era pentru el şi familia lor, o comoară. Sofia mereu ştia cum să aplaneze o ceartă între ei doi sau între fete, găsea mereu ceva bun de zis pentru fiecare din jur şi era foarte luptătoare şi curajoasă.

Mihai se uită la ea şi îi spuse:

- Sofia, am ajuns acasă, draga mea. Ce crezi, le spunem azi fetelor rezultatul sau în altă zi?

- Cel mai bine e să le spunem azi. O să încerc să le spun într-un fel mai puţin dureros, deşi nu ştiu dacă e posibil asta.

Intrară amândoi în casă, iar Mihai le chemă pe fete în bucătărie, fără a le spune de ce.

Alessia și Daria veniră imediat și se așezară pe două scaune, în fața lor.

- Am venit, spuse Daria. Despre ce e vorba?

- Este vorba despre mine, răspunse Sofia, evitând privirea fetelor.

Apoi, fără să mai aștepte să mai zică ele ceva, continuă să vorbească.

- Știți că azi am fost să aflăm rezultatele la analizele ce le-am făcut. Am aflat de ce îmi e așa de rău de la o vreme.

Sofia respiră adânc, căutând cuvintele potrivite. Motivul pentru care îmi este așa rău este că ...am o boală un picuț mai gravă.

Alessia și Daria se schimbară la față, albindu-se deodată.

- Ce boală, mami? Ce tratament ți-a dat? întrebă Alessia.

- S-a descoperit că am cancer.

Timpul parcă se oprise în loc. Fetele se uitară la mama lor, apoi la tată, sperând că ce au auzit era doar o greșeală.

Mihai interveni, dorind să le mai liniștească pe fete.

- Va fi nevoie să avem noi grijă de mami de azi înainte și dacă o vom ajuta și iubi mult, ea se va face bine. Trebuie să credem asta.

- Da, bineînțeles că îi vom fi alături mereu și o vom ajuta, spuse repede Ale, iar Daria aprobă din cap, fugind în brațele Sofiei.

- O să te faci bine, mami. Ai să vezi. Te iubim mult de tot, mai spuse ea, strângând-o tare în brațe.

Acele reacții și cuvinte erau adânc întipărite în mintea Sofiei și din când în când se gândea la ele, pentru că reprezentaseră puterea ei de a învinge. Tot ce urmase, părea acum, când se uita în urmă, doar un vis lung și inimaginabil de dureros.

Lunile de chimioterapie, felul în care luptase pentru viața ei, decizia foarte grea de a renunța la un sân, pentru a putea supraviețui, toate aceste dureri au luat sfârșit, iar acum era vindecată și zi de zi se bucura și mulțumea lui Dumnezeu pentru acea nouă șansă la viață.

Faptul că reușise să învingă cancerul și că acum era sănătoasă, era atât meritul doctorilor, pentru efortul lor, al ei, pentru forța cu care a mers înainte, și mai ales, era meritul familiei ei.

Sprijinul moral și financiar primit de la ei, fetele și soțul, faptul că indiferent cât de greu îi era, tot reușea să se păstreze pozitivă, a ajutat-o să se recupereze complet. Pentru Mihai avea un respect adânc și o iubire infinită și se considera norocoasă să aibă un soț ca el.

Oare ce bărbat ar fi rămas alături de soția sa în asemenea momente grele? Oare ce bărbat ar fi muncit triplu de cât muncea un om, doar pentru a plăti toate costurile imense timp de aproape doi ani de zile?

Teama că el va pleca de lângă ea, a existat în sufletul ei pe parcursul acelui drum, însă ea s-a risipit în clipa când el i-a dovedit cu vorbe și fapte că nu o va părăsi.

Era alături de ea, la bine și la rău, așa cum promisese în ziua când s-au căsătorit.

Datorită sprijinul lui necondiționat și dorinței ei de a merge înainte, Sofia a făcut ceva ce nu visase niciodată. A urmat cursurile unei postliceale de medicină, și s-a specializat ca și doctoriță pentru noi născuți, la maternitatea din Sibiu.

A învins nu doar boala, ci și-a schimbat destinul, devenind o femeie realizată profesional și financiar. Viața ei a fost salvată de doctori minunați, cărora le era recunoscătoare.

Iată că acum, Sofia se ocupa de nașterea copiilor la maternitatea din Sibiu, și de multe ori salva viața mamelor și a bebelușilor, prin intervenția ei ca medic specialist.

Cât de mult ni se poate schimba viața, gândi Sofia. Cele mai mari încercări ne pot doborî sau ridica și motiva.

Sofia luă un pix și scrise în jurnalul început de ea, mai demult.

"Am observat că o atitudine pozitivă mă ajută să percep altfel realitatea din jur. Am momente în care gândirea negativă e prezentă în mintea mea, însă, în timp, am învățat să o controlez și să nu îi permit să îmi influențeze deciziile.

Puterea mea interioară mă ajută să merg înainte, cu entuziasm și cu înțelepciunea obținută în urma lecțiilor de viață experimentate de mine, în trecut.

Azi simt că am devenit omul ce mi-am dorit să fiu."

Închise jurnalul, apoi se ridică în picioare și se îndreptă spre ușă. Era timpul să mai ajute un sufleţel micuţ să vină în această lume.

Aceasta era menirea ei și ceea ce o făcea împlinită profesional și sufletește, în afară de familia ei minunată.

Prietenie adevărată

Timpul nu stătea în loc pentru Iris și Clara, însă prietenia lor se menținuse până atunci.

Odată cu venirea pe lume a Minei, prietenia lor se consolidase și mai mult.

Iris cu Sorin, timp de doi ani de zile, au avut un program încărcat datorită venirii pe lume a fetiței lor, care deși era mică, necesita maximă atenție tot timpul. O supravegheau pe rând noaptea, iar ziua făceau cu schimbul, Iris se ocupa de ea dimineața, iar după-amiaza, era ajutată de Sorin, sau chiar înlocuită, în momentele când Iris avea treabă de făcut.

Aveau un mare noroc că Mina era un bebeluș cuminte, cu puține pretenții, și de multe ori doar mânca, se juca puțin și dormea.

Anii au trecut repede și Mina împlinise recent doi anișori, iar Iris decise că era timpul să înceapă să lucreze din nou.

Vorbise cu Sorin și el a fost de acord cu asta, de aceea, Iris începuse să aplice pentru un servici, având în vedere că nu mai voia să lucreze în același loc. În ziua aceea, Iris avusese un interviu care nu decursese așa cum sperase ea.

O sunase pe Clara să vorbească cu ea, însă nu reușise să îi spună tot ce se întâmplase.

Ziua trecu rapid, fără să apuce să o mai sune pe Clara, încă o dată. S-a ocupat de Mina și de pregătirea cinei, reușind să le facă pe amândouă, pentru că Mina se juca cuminte cu câteva jucării, iar în acest fel Iris s-a putut ocupat de pregătirea cinei.

La doi ani de la nașterea Minei, Iris a decis să înceapă din nou să lucreze, deși financiar o duceau bine deoarece Sorin avea un job bine plătit în compania unde lucra ca și asistent manager. Motivul pentru care voia din nou să lucreze era faptul că își dorea să facă o schimbare în viața ei profesională și aplicase recent pentru un job în marketing, iar în acea zi, avea interviu la compania respectivă.

Timpul petrecut acasă o ajutase pe Iris să se informeze și să urmeze cursuri online și cursuri organizate exact de compania aceea.

Terminase cu bine și luase toate examenele, iar acum avea de trecut doar acel interviu.

În altă parte a orașului, Clara mergea grăbită spre casă. Se întunecase deja, era trecut de ora 7 seara, iar străzile pe care trebuia să meargă erau prost luminate. Își aduse aminte că primise de dimineață un telefon de la Iris, iar ceva nu părea în regulă cu ea, din tonul vocii ei.

Clara fusese mai ocupată în acea zi, de aceea nu avusese timp să vorbească prea mult cu Iris și să afle ce a făcut la acel interviu, așadar formă numărul ei, nerăbdătoare să afle rezultatul.

După câteva momente, Iris răspunse la telefon:

- Bună, Iris. Ce faci, cum ești?

- Bună, Clara, sunt bine, acum. Tu?

- Sunt bine, mulțumesc. În dimineața aceasta am fost puțin ocupată și nu am apucat să vorbim prea mult, iar de abia acum mi-am adus aminte că azi ai avut interviul pentru acel job ce îl doreai.

- Așa e, azi a fost. Nu a mers prea bine și nu am fost angajată. Îmi doream mult să încep din nou să lucrez, iar marketing-ul mi se pare un domeniu potrivit pentru mine.

Motivul invocat de ei pentru refuzul lor, a fost că nu sunt destul de pregătită, iar de data asta sunt de acord cu ei, însă simt că motivul principal pentru care nu am fost acceptată e stima de sine scăzută. Nu am avut destulă încredere în mine și în ce pot să fac.

Știu că sunt capabilă să fac tot ce îmi propun, însă de multe ori nu reușesc să exprim și să arăt asta celor din jur. Nu îmi găsesc cuvintele potrivite atunci când sunt în fața altora.

Acum, am realizat încă o dată, că nu e de ajuns să vreau ceva foarte mult, dacă nu lucrez la încrederea în mine, pentru că, doar în momentul în care sunt sigură pe mine, voi reuși.

Azi am pierdut o șansă, însă am învățat o lecție valoroasă.

- Iris, îmi pare rău. Știu că îți doreai mult acel job, dar nu a fost să fie acum. Sunt convinsă că data viitoare vei reuși. Ești un om puternic și nimic nu e imposibil pentru tine, trebuie doar să te ocupi de ce ai zis tu și totul va fi bine.

Știi, nu aș fi crezut că tu nu ai destulă încredere în tine. De fiecare dată când vorbeam cu tine de o anumită problemă, îmi dădeai sfaturi foarte bune și aveai o atitudine hotărîtă.

Iris zâmbi și îi răspunse Clarei:

- Draga mea, atunci când îți dădeam sfaturi, eram așa pentru că nu era vorba de mine. Oamenii tind să fie mult mai siguri pe ei atunci când dau sfaturi altora, e o caracteristică comună.

- Nu m-am gândit la asta până acum, Iris. Zi de zi, învăț noi lucruri de la tine, unele pe care le știam, însă nu le-am conștientizat. Îți mulțumesc mult.

- Cu mare drag. Îți mulțumesc și eu pentru că mă asculți mereu. Referitor la ziua de azi, deși mi-e greu să spun asta acum, poate așa trebuia să se întâmple, iar data viitoare știu sigur că voi fi mai încrezătoare. Putem evolua mereu în absolut orice ne propunem, dacă ne dorim asta și mai ales dacă avem încredere în noi înșine.

- Așa e, Iris. Ca întotdeauna, mi-a făcut tare bine să vorbesc cu tine, mă inspiri mult. Sper să ne vedem curând, Andrei mereu mă întreabă de Mina, de când ne-am văzut, acum două săptămâni.

- Mă bucur și eu că am vorbit, știi că și tu mă inspiri pe mine prin puterea ta de a merge înainte. Da, o să ne vedem curând, poate planificăm concediul acela ce l-am discutat.

- Da, de abia aștept. Te pup, ai grijă de tine și pupă pe Mina din partea noastră. Pa.

- Vă pupăm și noi. Ai grijă de tine, de voi. Pa. Clara închise telefonul și scoase cheile de la casă pentru a deschide ușa. Povestind cu Iris, ajunsese deja acasă, iar asta o bucura, pentru că nu îi plăcea să meargă seara singură, pe străzi.

Imediat ce a intrat în casă, Andrei a apărut din bucătărie și s-a aruncat în brațele ei.

- Mami, mi-a fost dor de tine. Mi-am făcut griji pentru tine, când nu ai răspuns la telefon. Te-am sunat și era ocupat.

- Andrei, dragul meu, mulțumesc mult, sunt bine, după cum vezi. Eram aproape de casă și am zis că nu are rost să mai sun înapoi. Vorbeam cu Iris, i-am spus că îți e dor de ea și de Mina. A zis că ne vedem curând din nou.

Mă bucur că sunt iubită și căutată, spuse Clara, zâmbind, în timp ce îl îmbrățișa tare.

După o lungă îmbrățișare, Clara își dădu jos ghetele albe cu toc ce se potriveau mult cu paltonul alb, scurt. Pantalonii negri contrastau cu bluza albă pe gât, însă se asortau cu poșeta micuță neagră. Părul negru, lung, era prins în părți cu două agrafe simple, albe.

Andrei se uita la mama lui cu o mare admirație și era mândru de ea, atât de frumusețea ei fizică cât și de puterea ei de a o lua de la capăt, din nou, construind pentru ei o nouă viață.

- Mami, ți-am spus că ești foarte frumoasă și că te iubesc?

- Mi-ai spus, dar poți să mai spui odată, că îmi place mult, spuse Clara, îmbrățișându-l cu drag.

- Eu te iubesc mai mult, știi da?

- Da, mami.

- Acum ar fi bine să mergem la nani, e foarte târziu. Emil doarme deja?

- Nu dormea mai devreme, se uita la un film, dar mi se pare că avea căștile în urechi și nu a auzit că ai venit, sau poate a adormit.

- Hai să vedem, apoi ne punem și noi la somn.
E târziu și mâine mergi la școală.

După cum bănuise Andrei, Emil deja adormise. Clara i-a dat un pupic de noapte bună lui Andrei, după care, odată ce acesta a mers la el în cameră, s-a pus la somn și ea, alături de cel care îi devenise partener, prieten și tată vitreg, pentru copilul său.

Oare avea să fie de data asta o căsnicie pentru totdeauna? Oare soarta lor era să rămână împreună? Viitorul îi va răspunde la aceste întrebări.

Timpul trecea cu repeziciune, iar zilele păreau ore, iar câteodată Iris nu reușea mereu să facă tot ce își propunea. Venirea pe lume a Minei schimbase multe, iar în majoritatea timpului, Iris se ocupa mai mult de ea, deoarece nu lucra.
Sorin se implica și el atât cât putea, atunci când era acasă.
Nu avea ce să îi reproșeze, pentru că mereu compensa lipsa lui cu momente foarte frumoase pe care le petrecea cu ele, iar asta făcea ca în casa lor să predomine fericirea.

Încă un an trecuse, timp în care Iris se angajase, până la urmă, la o companie ce se ocupa de marketing. Într-una din zile, Sorin stabilise cu Emil să se vadă toți, acasă la el și Iris, pentru a mai povesti și a face un grătar. Obișnuiau să facă asta destul de des, atât cât le permitea timpul.
Zis și făcut, așa că în duminica aceea, erau toti adunați, din nou, la Iris și Sorin acasă.

În timp ce Iris și Clara pregăteau masa, Sorin și Emil stăteau și povesteau, iar Andrei stătea cu Mina și se juca cu ea. Se înțelegeau bine, poate și pentru că amândoi erau crescuți frumos de părinți. Clara i-a spus lui Andrei să aibă grijă de Mina cât timp ea și Iris pregătesc tot.

- Da, mami, bineînțeles că am grija de ea.
Știi că am mai avut și în alte dăți.

- Așa e, interveni Iris, știi să ai grijă. Iar ei îi e drag de tine, de aceea vă înțelegeți așa bine.

- Bine, Andrei, am încredere în tine, spuse Clara.
Apoi continuă discuția începută cu Iris, legată de concediul din vară din acel an.

- Deci, Iris, ce zici dacă o să alegem să facem concediu în altă țară?

- Oare nu e prea costisitor? La ce țară te-ai gândit?

- Păi m-am gândit să mergem în Anglia, multă lume recomandă această țară.

- Da, clar e o destinație frumoasă, mai ales Londra. Sunt sigură că e scump un concediu acolo.

- Nu ar fi chiar așa scump dacă luăm biletele prin agenție, cu all inclusive, au oferte bune.

 Eu m-am gândit la alt oraș, la malul mării, în sudul Angliei. Am văzut recent pe cineva că a fost acolo și pare tare frumușel, cu atracții turistice pentru copii și cu locuri faine de vizitat.

- Da? M-ai făcut curioasă. Cum se numește?

- Bournemouth. În plus am căutat să aflu un preț pentru 10 zile în perioada 1-10 August și chiar nu e mult, e cam la fel cu un concediu la noi.

- Clara, dacă tu zici că prețul e ca la noi, mai bine mergem acolo.

O să ne uităm peste poze și informații la masă și le spunem și lor, spuse Iris arătând cu capul spre Emil și Sorin.

Odată ce s-au așezat la masă, Clara le-a spus

și celorlalți, despre ideea aceea de a avea un concediu în Anglia. Andrei a fost primul ce a reacționat la propunerea mamei sale.

- Da, vrem, nu-i așa, Mina? întrebă el întorcând capul spre ea.

Mina, ce nu prea pricepea ea prea mult, despre ce era vorba, aprobă din cap și spuse un "Da" hotărât.

Toți au zâmbit, apoi au început să vorbească detalii legate de acest concediu.

La un moment dat, văzând pe Iris cum se bucură, Sorin o luă în brațe, apoi o pupă.

- Uite cum se bucură ea, ca un copilaș, zici că e Mina, spuse el zâmbind. Am doi copii în loc de unul, de fapt, două fete ce îmi bucură inima. Mergem unde vrei tu, iubita mea.

- Mulțumesc mult, iubitul meu, știam că nu o să refuzi. Sunt convinsă că va fi un concediu de neuitat pentru toți.

Au continuat să vorbească, iar cel ce punea cele mai multe întrebări și era cel mai entuziasm de acel concediu era Andrei. El întreba dacă marea era aproape de locul unde vor fi cazați, dacă existau locuri de distracţii pentru copii, dacă vor sta mult acolo şi cât va dura călătoria.

Clara şi Iris îi răspundeau cu calm şi răbdare la întrebări, bucuroase să îl vadă fericit şi nerăbdător. Viaţa lor era acum fericită şi se bucurau unii de alţii.

Un gând fugitiv îi trecu prin minte lui Iris.

"Oare pot pierde tot din nou?"

Imediat alungă din minte acel gând trist. Era imposibil ca viaţa ei să se schimbe din nou, se luptase mult pentru a o crea aşa frumos, şi acum se bucura de o familie şi o viaţa aşa cum şi-a dorit mereu.

Au continuat să vorbească între ei despre planurile lor noi, iar apoi, după câteva ore bune, Clara, împreună cu Emil şi Andrei au plecat spre casă, urmând ca Iris şi Clara să se ocupe de organizarea concediului.

Cele două luni până la plecare s-au scurs repede şi a venit ziua plecării, plină de emoţii şi enntuziasm. Totul era pregătit şi ei se aflau deja în aeroportul din Sibiu cu destinaţia Londra. Aveau să petreacă în Anglia un concediu de 10 zile.

Atunci când au luat biletele de concediu, li s-au oferit posibilitatea de a include şi o noapte la Londra, apoi de acolo să plece în Bournemouth.

Au acceptat imediat, atât Iris cu Sorin, cât şi Emil cu Clara. Cu biletele în mână, cu bagajele după ei, pline de haine, diverse, emoţionaţi, s-au pus la coada pentru verificarea bagajelor şi a documentelor.

Primii au fost Iris, Sorin şi Mina, care au fost lăsaţi să treacă după ce au arătat documentele şi le-au fost verificate bagajele.

Apoi a fost rândul Clarei cu Andrei.

Clara a înmânat actele ei, aşteptând să fie controlate. Poliţistul ce se ocupa de asta îi dădu actele, înapoi după care o întrebă, arătând spre Andrei:

- El e băiatul dumneavoastră?

- Da, e fiul meu.

- Daţi-mi actele lui.

Clara i-a întins paşaportul lui Andrei. Poliţistul întrebase apoi, arătând spre Emil:

- El este tatăl?

- Nu, a răspuns Clara.

- Atunci dați-mi sentința de divorț și procură de la tatăl său. Bănuiesc că aveți.

- Da, am, imediat vă dau. Clara scoase din geantă, hârtiile cerute.

Cu câteva zile înainte, îl rugase pe tatăl lui Andrei să facă acea procură la notar și după ce insistase mult, Clara reușise să îl convingă să facă asta. Polițistul îi înapoiase actele, după care îi ceruse o copie după actul de divorț și după procură.

Clara nu știa că era nevoie de copii și nu făcuse nici una. Se gândise că doar verifică și atât, fără să ceară copii. De la notar nu îi spusese nimic și în acele momente nu știa ce să facă.

- Doamnă, aveți copiile actelor sau nu?

- Nu am, răspunse Clara.

- Atunci nu vă pot lăsa să urcați în avion.

Clara se îngălbenise deja și căuta o soluție.

- Păi nu este nici un xerox aici pentru a face copii la acte?

- Nu este, posibil totuși să aibă casele de schimb valutar. Până rezolvați problema, nu mergeți mai departe. Următorul, adăugă polițistul, uitându-se la Emil.

Clara îl luă pe Andrei de mână și se dădu deoparte, făcându-i semn lui Emil să vină la ei.

- Îmi lipsește ceva, de aceea nu ne-a lăsat să trecem, îi spuse ea lui Emil.

Andrei se uita nedumerit și se ruga în gândul său, să îi lase și pe ei să meargă mai departe. Vedea că mama lui era agitată și supărată, așa că nu spunea nimic, deși ar fi vrut să o întrebe multe lucruri.

Emil o întrebă pe Clara de ce anume avea nevoie, iar după ce află, îi spuse că se va rezolva și le spuse să îl urmeze spre o casă de schimb valutar aflată în aeroport.

Acolo, salută pe domnișoara ce se afla la ghișeu:

- Bună ziua.

- Bună ziua, răspunse înapoi ea. Vă pot ajuta cu ceva?

- Sper că da. Am avut ghinionul de a fi opriți de poliția de frontieră și nu ni s-a permis accesul pentru că ne lipsesc două copii ce nu am știut că ne trebuie. Avionul pleacă într-o oră și nu am timp să merg în oraș să fac copii la xerox.

- Puteți cumva să mă ajutați, poate aveți un xerox? Vă plătesc, bineînțeles.

Domnişoara se uită la el, apoi la Clara şi la Andrei. Felul cum acel băieţel se uita la ea, ca şi când ea era salvarea lui, blândeţea din ochii săi ce păreau atunci că aveau lacrimi, o emoţionă.

- Da, avem imprimantă, însă e doar pentru noi, pentru a printa ce avem nevoie. Totuşi, având în vedere situaţia în care vă aflaţi, pot face o excepţie. Daţi-mi actele la care vă trebuie copii xerox.

Emil îi înmână actele, iar un minut mai târziu primi copiile necesare. Mulţumi acelei domnişoare şi se duse spre Andrei şi Clara, bucuros că rezolvase această mică problemă apărută.

Andrei sări în braţele lui fericit, şi începu să îl pupe încontinuu. Emil îl strânse în braţe, apoi îl lăsă jos, spunându-i:

- Dacă nu ne grăbim, o să decoleze avionul fără noi.

- Nuu, nu are voie, spuse Andrei bucuros. Hai să mergem repede că ne aşteaptă pe noi ca să decoleze.

Clara şi Emil au zâmbit amândoi către Andrei, apoi s-au dus din nou la ghişeul unde poliţia de frontieră controla actele. După ce polițistul aflat acolo verifică din nou tot, îi lăsă să treacă.

Dincolo de poarta de securitate îi așteptau Iris, Sorin și Mina, mirați că nu mai veneau.

- Ce s-a întâmplat? A durat mult până să veniți, spuse Sorin.

- Se pare că ne trebuiau două copii la xerox după două acte. Din fericire, am reușit să le facem, ne-a ajutat o domnișoară de la o casă de schimb valutar, răspunse Emil.

- Totul e bine când se termină cu bine, important e că s-a rezolvat, interveni Iris.

Imediat după a spus asta, s-a auzit anunțul de îmbacare pentru zborul lor, iar ei s-au așezat în rând, așteptând să urce în avion, după un ultim control al pașapoartelor.

- Mami, dar acum de ce mai stăm la coadă? Uite, avionul ne așteaptă afară, spuse Andrei, arătând cu capul spre avionul alb cu logo-ul roz cu mov al companiei de zbor. Remarca lui stârni zâmbete celor din jur, iar două doamne se întoarseră spre el și se uitară cu drag la el.

Clara îi răspunse cu răbdare:

- Andrei, acum mai trebuie să arătăm odată pașapoartele apoi mergem direct în avion și decolăm. Trebuie să știm ce locuri avem , tu ce loc ai, ia să vedem, mai ții minte de când ți-am arătat de dimineață, pe bilet?

- Da,bineînțeles. Am numărul 17A, iar voi doi, spuse el arătând spre ea și Emil, aveți 17B și 17C.

- Așa e, Andrei, ai dreptate.

Nu trecuse mult și se aflau toți în avion, așteptând să decoleze. Pentru prima oară, ei plecau împreună într-un concediu în altă țară.

Iris, Sorin și Mina aveau locurile mai în spate puțin, însă nu îi deranja, atât timp cât erau împreună. Mina era veselă și se uita curioasă în jur. Pe parcursul întregului proces de check-in și îmbarcare, fusese foarte cuminte și doar o strângea de mânuță pe Iris din când în și îi zâmbea.

- Mami, ce mare e avionul și ce multă lume e, spuse ea cu o expresie de mirare pe față.

- Da, iubita mea, așa e. Știi, avionul a fost creat așa mare pentru a putea transporta mai mulți pasageri.

- Are dreptate mami, ca întotdeauna, interveni Sorin în discuție. Mina se uită la el, apoi, dând din cap în semn de aprobare, îi răspunse:

- Așa e, tati, mami are dreptate meru.

Sorin o pupă pe obrăjori, fericit că avea așa o minune de fetiță. Le iubea enorm pe amândouă și spera ca viața lor împreună să dureze cât mai mult, o veșnicie, dacă s-ar fi putut.

Gândul îi zbură la ce se întâmplase cu Clara, Emil și Andrei în aeroport. Se gândea cât de repede se poate schimba totul. Acum ești sigur de ceva, apoi vezi cum apare ceva la care nu te aștepți, pentru că oricât ai încerca să faci totul perfect, există momente când uiți ceva sau nu știi. Toți suntem atât de siguri pe noi de multe ori, pe alții, pe viitor sau pe niște lucruri materiale.

A fi sigur pe tine este necesar și foarte bine, însă atunci când ești sigur pe altcineva, trebuie să ai în considerare că acel om te poate dezamăgi sau poate să te pună în dificultate. De multe ori, depindem de alții, voluntar sau involuntar, pentru a ne îndeplini unele dorințe.

Atunci, datorită unei mici neatenții, Clara a ajuns să depindă de acel om ce le-a oprit îmbarcarea, de

Emil, ce a decis să găsească o soluție, apoi a depins și de domnișoara de la casa de schimb valutar. Dacă îți pui speranța în mâinile altora, nu îți rămâne decât să aștepți. În cazul lor, totul s-a rezolvat pentru că Emil a căutat o soluție și nu o scuză.

Pemanent trebuie să căutăm soluții și să rezolvăm problemele ce ne apar în cale, pentru că doar așa putem să reușim să realizăm tot ce ne propunem. A fi o victimă sau un învingător, este alegerea noastră personală și odată ce înțelegem cât de important e să ne focusăm pe noi și pe gândirea noastră pozitivă, vom reuși să devenim învingători în această viață.

Sorin știa asta pentru că fusese în viață atât o victimă cât și un învingător, așa cum toți erau la un moment dat. Totuși, atunci când a fost o victimă, a conștientizat asta într-un timp scurt și a reușit să își schimbe mentalitatea și comportamentul. Cum a făcut asta? Pas cu pas, prin o introspecție asupra lui, prin depistarea acelor obiceiuri rele și a oamenilor ce îl influențau negativ și îndepărtarea acestora.

Dar toate acestea erau parte din trecutul său iar prezentul său era cu totul altfel în acele momente ale vieții sale.

Se uită la Iris și Mina cu recunoștiință și iubire, mândru că avea o familie așa frumoasă și bună.

Avionul deja decolase și se înălța ușor în sus, ducând în el multe vise și speranțe a unor suflete ce mergeau spre alt loc decât cel natal.

Mulți din cei ce se aflau în avion mai zburaseră și înainte, unii se duceau în vizită, alții mergeau la lucru, însă toți aveau în sufletul lor speranța.

În acest timp în care Sorin avea aceste gânduri, Mina se uita curioasă pe geam, de pe scaunul din mijloc, unde era așezată.

Iris îi arăta norișori albi și gri ce apăreau la geam pe măsură ce avionul înainta. Cerul albastru se oglindea frumos în ochii Minei, ce căpătaseră o sclipire aparte.

- Mami, e tare frumos. Dar de ce fugim de nori?

La auzul vorbelor ei, Iris zâmbi și îi spuse:

- Nu fugim de nori, zburăm prin dreptul lor, pentru a ajunge unde ne duce avionul, în Anglia.

- Aa, da mami, așa e, dar eu tot cred că fugim de ei, răspunse Mina, cu seriozitate.

Iris aprobă din cap, apoi o pupă pe mânuță.

Orele trecuseră repede și încet avionul deja se pregătea să aterizeze. Emoția profundă se citea pe fața lor.

Odată cu aterizarea pe pistă a avionului, călăltorii aplaudară, un gest nou la care nu s-au așteptat cele două familii dar la care au participat cu entuziasm. Gesturile mici cauzează câteodată reacții frumoase și de durată.

Acele clipe petrecute în avion pentru prima dată, au devenit amintiri pentru o viață.

După puține minute, au început să coboare pe rând, din avion, pe pista aeroportului Luton, London. Apoi au trebuit să meargă toți pe multe culoare ce păreau fără de sfârșit, după care să stea la coadă pentru a li se verifica din nou pașapoartele. Totul a durat în jur de 50 de minute, apoi au pornit spre ieșire, acolo unde îi aștepta cineva plătit de agenția prin care luaseră biletele de concediu.

Andrei și Mina erau tare entuziasmați de tot ce vedeau în jur, ca de exemplu, oameni ce vorbeau în diferite limbi, multe benzi ce se roteau în continuu, pe care se aflau multe bagaje ale călătorilor din avion, semne puse peste tot în acele spații mari, toate fiind scrise în limba engleză, indicând ieșirea sau alte locuri.

Amândoi întrebau părinții despre toate aceste lucruri noi, ce făceau parte din acea lume nouă, în care ei ajunseseră atunci. Iris și Clara le răspundeau scurt, însă blând, cu toate că și pentru ele totul era nou și în plus erau concentrate să ajungă la ieșirea din aeroportul acela. Printre cei ce așteptau în sala de așteptare a celor sosiți, se afla și un bărbat ce părea că avea 50 de ani și care ținea în mână o pancartă pe care scria cu litere de tipar doua nume: Sorin Nistorean, Emil Hosit.
Sorin îl văzu și le spuse și celorlalți, după care se îndreptă spre el.

Odată ce au fost preluați de el, au plecat cu un microbuz în care se aflau și alți pasageri ce urmau să petreacă concediul în Anglia. Drumul până la hotel parcă dura o veșnicie poate și din cauză că erau obosiți de pe drum.
Într-un final, după aproape 9 ore de la plecare, erau toți cazați la un hotel de 4 stele din Londra.

Hotelul era situat în zona 3, o zonă centrală, avea o capacitate mare de cazare, 250 de camere.

Camerele celor două familii erau la etajul 6, ceea ce era bine pentru ei, deoarece aveau o panoramică frumoasă a orașului.

Iris era cea mai entuziasmată de tot ce vedea, în afară de copii, și era impresionată mai ales de felul frumos în care oamenii se purtau cu ei.

Poate că au nimerit doar oameni buni, sau poate toți erau așa, cert era că toți aveau bune maniere și vorbeau foarte respectuos. Iris fusese educată de mama sa într-un mod manierat și așa o învățase și ea, la rândul ei pe Mina.

Din păcate, în timp, mulți oameni uitaseră bunele maniere și era tot mai greu pentru Iris să îi explice Minei de ce unii oameni vorbeau urât sau erau mai încrezuți. Totuși, mai erau și oameni respectuoși și Iris mereu îi spunea Minei despre ei, îi dădea ca exemplu. Cu siguranță din acea excursie aveau multe de învățat, cel puțin așa observase Iris, după prima zi.

După o zi plină de peripeții și oboseală, cele două familii s-au retras la somn, nu înainte de a stabili ora la care se vor întâlni a doua zi.

Noaptea se lăsa peste capitala Angliei, iar ziua următoare se preconiza a fi una foarte interesantă și plină de călătorii.

Dimineața, după ce au luat micul dejun, s-au pregătit să plece pentru a vizita orașul, conduși de ghidul de la agenție, care avea un nume greu de pronunțat, Kistalegrinos, dar avea o atitudine pozitivă și zâmbea mereu.

Odată urcați în autocarul etajat cu care trebuiau să meargă în acea zi, Mina se apucă să o tragă de mână pe Iris, încercând să îi atragă atenția.

- Da, Mina, ce este? o întrebă Iris.

- Mami, autobuzele sunt altfel aici decât la Sibiu. Îmi plac mult.

Iris zâmbi apoi îi răspunse:

- Mă bucur că îți plac, și mie îmi plac mult, mai ales că toate sunt roșii și etajate.

Andrei le auzi din spatele lor și spuse:

- Așa e, toate autobuzele sunt roșii și tare frumoase. Privind în stânga sa, văzu un autobuz ce era gri și avea pe el lipit afișe cu diverse reclame.

- Uite un autobuz ce nu e roșu, în stânga.

Mina, Clara și Iris întoarseră capul instantaneu, curioase să vadă și ele acel autobuz diferit de restul. Era frumos și ieșea în evidență, prin contrastul mare cu celelalte autobuze.

- Da, uite că mai există și autobuze pictate în alte culori, spuse Iris.

Admirară și ele acel autobuz, precum și clădirile frumos construite ce le vedeau în jur.

Deoarece autobuzul în care se aflau era unul turistic, cele două familii, dar și restul călătorilor, au vizitat toată locațiile importante din Londra, iar în plus au aflat despre fiecare punct istoric și turistic, informații de la ghidul ce se afla cu ei.

După o zi lungă în care au parcurs o parte din Londra, au ajuns înapoi la hotel, obosiți, dar foarte încântați de ce au văzut.

Având în vedere că era ora cinei, iar hotelul avea un restaurant, au decis să rămână acolo pentru masa de seară. După ce au comandat, în timp ce așteptau să vină mâncarea, și-au împărtășit

părerile legate de locurile vizitate.

Iris se declară fascinată de Podul Londrei, pe care îl declară cel mai frumos pod din lume.

- Cel mai mult mi-a plăcut faptul că se desface în două, pentru a lăsa vapoarele mari să treacă, apoi se unește la loc. Impresionant cum s-a reușit o construcție așa mare și foarte frumoasă, spuse Iris.

- Sunt de acord cu tine, iubita mea, o aprobă Sorin. Dacă stau bine să mă gândesc, cred că și mie mi-a plăcut cel mai mult podul, deși pot să spun că am fost fascinat și de Big Ben, acel ceas imens și superb.

- Da, da, Big Ben e superb ca aspect și mărime. Atât ceasul cât și turnul. M-am simțit tare mic pe lângă el, spuse Andrei, intervenind și el în discuție.

- Noi toți chiar suntem mici de înălțime, în comparație cu el, spuse Clara.

- Mie cel mai mult mi-a plăcut Palatul Buckingham, spuse Emil, deși m-am cam supărat un pic pe regina că nu a ieșit să bea un ceai cu noi. Adică am bătut atâta drum și nu am apucat să o vedem măcar, glumi el, făcând pe ceilalți să râdă. Mina se uita la ei și apoi interveni și ea în discuție.

- Roata aceea mare a fost cea mai frumoasă, spuse ea, în timp ce cu ambele mânuțe făcu un cerc în aer.

Iris zâmbi, apoi o îmbrățișă cu drag.

- Ai dreptate, frumoasa mea. Cum am putut să uit de ea?

Cum să o contrazică pe fetița ei, când o vedea cât de drăgălaș descria ea cel mai frumos obiectiv turistic din Londra?

O iubea atât de mult, încât pentru ea, a avea dreptate nu era atât de important, în cazul acela.

Continuară să vorbească încă puțin despre vizita lor prin Londra, apoi, după ce au mâncat, s-au retras în camerele lor, epuizați total.

A doua zi trebuiau să plece spre Bournemouth, destinația finală a lor, acolo unde urmau să își petreacă concediul timp de 8 zile.

Înainte să plece din Sbiu, Iris și Clara au căutat informații mai multe despre Bournemouth, pe Google.

Astfel au aflat că Bournemouth este un oraș și o autoritate unitară în regiunea South West England. Este o stațiune turistică foarte mare pe coasta de sud a Marii Britanii, având o populație de aproximativ 183.491locuitori. A fost fondat în 1810 de către Lewis Tregonwell, acest oraș fiind parte din ținutul Dorset, împreună cu orașele Poole și Christchurch, doar ca și statut ceremonial, Bournemouth păstrându-și autoritatea unitară.

Atracția principală a orașului este plaja ce se întinde de-a lungul coastei pe o lungime de peste 7km, îngrijită permanent și supravegheată de echipe de salvamari, precum și de poliția locală. Marea albastră și plaja, este permanent supravegheată, iar aceste măsuri de precauții asigură liniștea și confortul turiștilor. Cele trei diguri construite oferă o priveliște minunată celor ce le parcurg, iar în plus, pe ele sunt amenajate diverse terase sau mici locuri de distracție pentru cei mici.

Iris remarcase în pozele ce le vedea pe telefon, pe Google, o roată similară cu cea din Londra, unde cei ce vroiau să vadă o panoramică a orașului, puteau face asta, din interiorul unor cabine închise, ce erau montate pe acea roată.

Clara, în schimb, remarcase acvariul mare situat chiar langă roată și lângă plajă, denumit

Oceanarium. Contra unei sume de bani, ei puteau vizita acel loc unde vedeau pinguini, foci, delfini, tot felul de specii de peşti, în diverse spaţii special amenajate. Puteau practica diverse sporturi de apă sau puteau alege să încerce zipwire.

Bournemouth avea deasemenea şi alte atracţii, ca de exemplu cei 2.000 de acri de parcuri şi grădini, extraordinar de frumos îngrijite.

Din tot ce au citit ele, Bournemouth părea un colţ de rai ce trebuia neapărat vizitat, măcar odată în viaţă.

Tocmai de aceea, de dimineaţă, după un mic dejun copios, au pornit la drum, în acea zi de August, neaşteptat de călduroasă pentru Anglia.

Călătoria cu microbuzul spre Bournemouth a durat două ore, iar la scurt timp după ce au intrat în acel oraş, au văzut deodată, în depărtare, marea.

- Wow, cât e de frumos, exclamă Clara, atrăgând atenţia celorlalţi care se uitară şi ei pe geam şi scoase sunete de uimire şi admiraţie.

- Mami, uite ce albastră e marea, e minunată, spuse Andrei, încântat de ce vedea. Şi ...e atât de mare, completă el, provocând zâmbete pe fața mamei lui.

- Mă bucur că îți place, la fel de mult îmi place și mie. Apoi, întorcând capul către Emil, îl întrebă:

- Am ales un loc frumos pentru a petrece concediul nostru, nu-i așa, dragul meu?
Emil aprobă, încântat și el de alegerea lor și de peisaj.

Iris, Sorin și Mina erau la fel de plăcut surprinși de ce vedeau. Terase frumos amenajate peste tot, hoteluri și pensiuni ce îmbiau să le treacă pragul prin aspectul îngrijit, atât al construcțiilor cât și a aranjamentului atractiv din față și împrejur, precum și prin palmierii plantați din loc în loc.
O oază de fericire și frumusețe aparte.
Iris îi spuse lui Sorin că i se pare că e un loc plăcut pentru a trăi.

- Așa e, Iris, cred că dacă am sta mai mult, ne-am putea adapta și obișnui aici. Cine știe, poate vom locui aici într-o zi.

- Tot ce e posibil, cine știe ce ne rezervă viitorul.

Poate într-o zi ne decidem să ne schimbăm viața, îi răspunse Iris.

O dorință trimisă în Univers se va materializa în timp, de aceea trebuie să avem grijă ce ne dorim, căci de multe ori dorințele se împlinesc, gândi ea. De multe ori, își dorise anumite lucruri, iar apoi în timp s-au realizat.

Sorin se uită la ea și îi spuse:

- Atâta timp cât vă am alături, nimic nu e imposibil. Știi cât de mult vă iubesc.

Mina își îndreptă privirea către tatăl ei și interveni în discuție.

- Noi te iubim mai mult, tati.

- Știu, prințesa mea, sunt cel mai norocos om din Univers, iar pentru iubirea voastră vă sunt tare recunoscător.

O îmbrățișă, după care îi arătă clădirile, palmierii și ce mai vedea frumos în acel oraș, Bournemouth.

Andrei observă că autobuzele aveau o altă culoare și ținu să le spună și celorlalți.

- Uitați-vă la autobuze. Aici toate sunt galbene și nu sunt etajate, ca în Londra.

Emil zâmbi și îi răspunse:

- Într-adevăr, Andrei. Ce spirit de observație ai. Care îți plac mai mult?

- Sunt la fel de frumoase, nu vreau să aleg între ele.

- Foarte bine, așa și trebuie.

Vorbind și admirând totul în jur, nici nu au realizat că microbuzul în care se aflau a parcat în parcarea din fața hotelului, ce se afla la 5 minute de mare. Au coborât și s-au îndreptat spre hotel, curioși să afle cum arată.

Totul era pe măsura așteptărilor celor două familii, și chiar dacă nu era un hotel de 5 stele, totul era foarte curat și frumos. O locație ideală pentru cei cu un buget mediu ce erau interesați de un concediu la malul mării.

Emil observă o deosebită ospitalitate la personalul hotelului, ce vorbeau , folosind un limbaj politicos, arătând profesionalism și mai ales având o atitudine prietenoasă.

Imediat ce au făcut check-in, au urcat nerăbdători în camerele lor.

Clara, Andrei și Emil aveau camera 709 iar Iris, Mina și Sorin aveau camera 710, ambele având vedere la mare și un balcon mare.

Iris deschise camera lor și scoase un sunet de uimire. Se uită la Sorin, care era la fel de încântat ca și ea de priveliștea frumoasă.
În fața ochilor aveau marea albastră, ce se vedea pe geamul de la cameră. Camera era dotată cu un pat dublu și un pat simplu, un birou mic și un scaun, suficient pentru ei.

Sorin puse bagajele lângă un dulap aflat lângă ușă, în timp ce Iris merse și o puse ușor pe Mina pe pat, ce adormise, obosită fiind de pe drum.
Nu a mai durat mult până ca și ei să adoarmă. Aveau nevoie de odihnă pentru a doua zi.
Razele soarelui răzbăteau de dimineața prin geamurile mari ale camerei lui Emil și familiei sale.

Andrei simți căldura provocată de acele raze, și deschise ochii. Se întinse în patul lui ce se afla la geam, după care se ridică și se duse încet pe balcon. Acolo se uită fascinat la marea frumoasă și albastră ce se vedea în depărtare.
Timp de vreo zece minute, admiră peisajul minunat, după care intră înăuntru și merse către mama sa, pentru a vedea dacă s-a trezit.

- Mami, te-ai trezit?

Clara se întoarse somnoroasă către el.

- Da, m-am trezit când ai ieşit pe balcon, dar te-am lăsat să te bucuri de privelişte.

Ce zici, îţi place aici?

- Da, mami, e super fain, însă sunt tare curios să văd marea şi plaja. Când mergem?

- De-abia ne-am trezit.

Se uită la Emil care se întoarse şi el în pat, la fel de somnoros precum Clara.

-Bună dimineaţa, dragilor. Am auzit bine, mergem pe plajă? O cafeluţă dă cineva, ca să mă trezesc mai bine?

Andrei se uită la el, apoi la ibricul de apă şi pliculeţele de cafea şi zahăr.

- Îndată vin două cafeluţe la voi.

- O, mulţumim frumos, Andrei, spuse Emil.

Imediat se puse să facă două cafele, arătând foarte serios, dar cu gândul la mare.

Era plăcerea lui să facă şi el ceva, având în vedere câte făceau ei pentru el.

Nu făcea nimic din obligaţie, ci datorită faptului că îi iubea şi respecta, iar asta făcea parte din educaţia pe care a primit-o.

La cei 15 ani ai săi, era un băiat maturizat precoce, datorită experiențelor din copilărie, unele din ele mai puțin plăcute, dar care l-au întărit, însă nu l-au făcut mai rău.

În timp ce Clara și Emil se trezeau, în camera alăturată, Iris și Sorin deja erau treziți de ceva timp, Mina avusese grijă să îi trezească devreme. Se pregăteau să meargă la micul dejun ce era servit la restaurantul hotelului unde erau cazați. Au decis că era cel mai bine așa, având în vedere că era un mic dejun stil bufet, de unde își puteau alege singuri mai multe tipuri de mâncare, prcum și băuturi. Deasemenea era și comod, restaurantul aflându-se în incinta hotelului, iar prețurile fiind acceptabile.

Înainte să plece din cameră, Sorin o întrebă pe Iris dacă e ok să îl sune și pe Emil să îl întrebe dacă coboară și ei.

- Da, cred că s-au trezit. Sună-i și vezi ce zic.
- Bun, acum sun.

Vorbi cu Emil și stabiliră să se vadă jos, deoarece ei încă nu erau pregătiți dar dacă puteau să rezerve o masă lângă ei, ar fi grozav.

Imediat ce închise telefonul, Sorin se uită Iris, apoi la Mina, după care exclamă:

- Doamne, ce prințese frumoase am.

- Mulțumim tati, spuse Mina, făcând o piruetă prin cameră, etalându-și rochița albă cu trandafiri roșii imprimați pe ea.

Iris o imită, făcând și ea o piruetă scurtă.

Cu o lună înainte de plecare, ea a găsit un magazin cu rochii pentru mamă și fiică.

Acolo a văzut acele rochii identice, iar imediat le-a și cumpărat pentru ea și Mina.

Amândouă erau strâmte sus, fără mâneci, iar de la talie porneau largi în jos, până mai jos de genunchi.

Acum le purtau pentru prima dată și amândouă se simțeau minunat cu ele.

- Arăți foarte frumos și tu, tati, spuse Mina, luându-l de mână. Acum hai să mergem să păpăm, că îmi este foame, adăugă ea, masând cu mâna cealaltă burtica.

- Mulțumesc, scumpa mea. Gata, acum mergem.

Au coborât jos și au mâncat suficient toți, bufetul restaurantului având felurite mâncăruri.

Următoarea parte de zi, prima din concediul lor, au petrecut la plajă, deoarece ziua era senină și călduroasă. Au decis să facă și o mică plimbare cu un trenuleț ce mergea prin toată stațiunea, permițându-le să vadă mai mult, din mers, deoarece cu Mina nu prea aveau șanse să meargă așa mult, cel puțin nu în prima zi. Următoarele zile au vizitat Delfinarium, s-au dat în roata imensă aflată chiar lângă plajă, au vizitat pas cu pas, Bournemouth și au văzut cele mai importante puncte turistice.

Într-o seară, Emil și Clara au ieșit singuri în oraș, petrecând momente de vis, Andrei rămânând cu Iris, Sorin și Mina.

A doua seara a fost rândul lui Sorin și Iris.

Au stabilit de acasă să își ofere acest timp pentru ei, iar faptul că au venit împreună, le-a permis să facă asta.

Pentru început, se plimbară prin parcul din apropierea centrului orașului, au luat cina la un restaurant italian, după care au decis să facă o plimbare pe plajă. Acolo, s-au oprit puțin, profitând că erau singuri pe plajă, iar Sorin o atinse ușor pe Iris, pe spate.

Ea purta o rochiţa roşie de vară, scurtă, cu bretele, ce era pe cât de simplă, pe atât de frumoasă. Dacă în faţă era croită simplu, cu un decolteu micuţ, în spate era decupată până aproape de mijloc. Această privelişte îl excită pe Sorin, iar mâna lui pe spatele ei intensifică senzaţia aceea.

Iris se uită la el şi îl sărută, în timp ce cu unghiile îl zgârie foarte uşor pe spate.

Se apropie mai mult de el, până când corpul ei se lipi de al lui total. Sorin o strânse în braţe, şoptindu-i la ureche:

- Te doresc enorm, iubita mea.

- Şi eu te doresc enorm, iubitul meu soţ, îi răspunse Iris, cu o voce plină de dorinţă şi pasiune.

Valurile mării se auzeau în apropiere, iar plaja pe care se aflau era pustie, aşa încât ca ei să se poată simţi, atinge şi săruta fără prea multe reţineri.

Sorin o strânse în braţe, apoi se roti uşor cu ea de câteva ori. După ce se opri, o sărută din nou, cu pasiune, în timp ce cu o mână se juca cu părul ei lung, iar cu cealaltă o atingea pe spate, coborând ușor în jos. Îi ridică ușor rochița, atingându-i pielea fină, trezind în ea și în el o dorință ce se voia a fi stinsă doar prin unirea trupurilor, total și intens. Iris scoase sunete de plăcere, fără să se abțină, cuprinsă și ea de dorința de a trăi momente de iubire împreună cu cel ce îi era soț. În timp ce Sorin o mângâia, își apropie buzele de urechea ei și o mușcă ușor, făcund-o pe Iris să roșească.

Iubirea dintre ei era unică și deosebită, iar acele momente ce le trăiau atunci erau inestimabile, unindu-i și mai mult.

Pentru prima oară se aflau în concediu într-o țară străină, pe o plajă ce avea o magie aparte, acolo unde iubirea lor își lăsa amprenta.

Iris îl opri pe Sorin puțin, retrăgându-se ușor, atenționându-l că sunt pe plajă și îi propuse să continue în camera lor. Îi aduse aminte că aveau camera lor doar pentru ei, deoarece Mina era la Clara și Emil.

- Pe mine nu mă deranjează să continuăm aici, spuse Sorin, atingând-o ușor pe gât, într-un fel ce o făcu pe Iris să tresare ușor.

- Eu știu că nu te deranjează, poate nu m-ar fi deranjat nici pe mine, dacă nu aș fi văzut polițistul acela ce se uită la noi atent.

Nu te uita acum, e în dreapta nostră, pe dig.

Simt că vrea să vină să ne salute.

Sorin zâmbi și o sărută finuț, după care o luă de mână, acceptând propunerea ei.

- Bine, fie, de data asta, ai dreptate. Facem cum spui tu.

În acea noapte de vară, cei doi îndrăgostiți au trăit unul din cele mai tandre momente din relația lor. În timp ce ea stătea pe pieptul lui, cu ochii închiși, el o mângâia ușor pe păr, apoi îi urmărea cu un deget conturul ochilor și al feței sale. Liniștea din sufletele lor fu întreruptă de vocea lui.

- Știi că ochii tăi râd în noapte?

Iris se uită la el și îi zâmbi.

- Nu știam asta. Cum adică "râd în noapte"?

- Nu îți pot explica. Doar că atunci când îi ții închiși, râd și îmi plac enorm.

- Mă bucur și îți mulțumesc mult, acum ai făcut să râdă și sufletul meu.

Sorin o sărută ușor pe frunte apoi o strânse în brațe cu drag. Știa că iubirea se simte cu toată ființa, iar atunci când există, se manifestă din plin, fără teamă, fără rețineri și îndoieli.

A iubi înseamnă a te dărui celuilalt fără a aștepta ceva din partea sa, ci doar a te bucura de ce simți. Completarea iubirii tale de către celălalt cu iubirea sa pentru tine, este definiția iubirii supreme pe care o putem întâlni doar de puține ori în viață.

Iris știa asta și de aceea trăia momentele de iubire împreună cu Sorin, la o intensitate maximă, cu pasiune. Tot ce experimenta era mai presus decât orice alte experiențe avute de ea vreodată. Nu putea explica, nici înțelege, însă nici nu era nevoie de asta.

Cum ar fi putut explica sentimentul de iubire și fericire ce îl trăia?
Era imposibil și fără sens deoarece trăirea aceea nu putea fi nicicum descrisă. Nici o altă experiență de viață nu putea echivala experiența iubirii, acel apogeu al trăirii umane.
Iubirea, era pentru ea, modul de a trăi perfect, iar acele clipe de iubire au fost magice, asta

amplificând atracția pe care o avea deja față de Sorin. O noapte de dragoste petrecută în Bournemouth, doar ei doi, era ceva la care amândoi visau de când au plecat de acasă și care nu ar fi fost posibil, dacă Clara și Emil nu s-ar fi oferit să stea cu Mina. Pentru asta aveau să le fie recunoscători mult timp.

Momentele frumoase rămân amintiri prețioase pentru o viață, iar ele trebuie create cât mai des posibil. Cu cât mai mult creăm momente frumoase, suntem mai fericiți. Oare nu asta era scopul fiecărui om, să fie fericit și să aibă o viață fericită? Da, bineînțeles că erau doar momente, mai scurte sau mai lungi, iar Iris era conștientă de asta, însă fără ele viața chiar nu era deloc plăcută.

De ce lumea stă să se gândească așa mult la momente triste prea mult, iar la cele fericite prea puțin? La aceste întrebări Iris voia să găsească răspuns, însă precum știa foarte bine, odată ce le afla răspunsul, apăreau alte întrebări.
Concediul lor se terminase, iar timpul parcă zburase, cât timp s-au aflat acolo,

Drumul spre Sibiu, România, a durat parcă mai puțin, poate că și pentru că aveau atâtea de povestit, încât de abia își dădeau rând să își spună părerile.

Acel concediu fusese cel mai frumos concediu de până atunci, iar toți au fost de acord cu concluzia aceea. Au decis că se vor întoarce curând în acel oraș ce le intrase la suflet.

Odată ce avionul ateriză pe pista de pe aeroportul din Sibiu, toți aplaudară, în frunte cu Mina, ce arata așa bucuroasă de parcă primise o jucărie mult dorită. Iris imortaliză bucuria de pe fața fetiței ei, cu ajutorul telefonului, pentru ca peste ani de zile să își aducă aminte de acea excursie. După câteva minute, toți simțiră aerul inconfundabil de casă, de Sibiu. Inspirară adânc și apoi răsuflară ușurați.

Deși au avut un concediu de vis, totuși acum erau fericiți că erau înapoi, deși lipsea marea, palmierii, pinguinii de la delfinarium, sau roata aceea mare și impresionantă, de unde vedeai un oraș întreg, în timp ce se învârtea.

Aveau în schimb, munți în depărtare, aerul inconfundabil, limba în care au învățat să vorbească şi mai presus de toate, aveau linişte în suflet, împăcare, sentimentul de acasă ce nu îl puteau descrie, însă îl puteau simţi.

Acel sentiment nu se găsea nicăieri în lume, nici nu se putea înlocui cu nimic.

Decizii

La puțin timp după ce au venit din concediu petrecut în Bournemouth, Anglia, Sorin a povestit cu șeful său despre asta, menționând că i-a plăcut atât de mult încât dacă ar avea vreo șansă să se mute acolo împreună cu Iris și Mina, nu ar refuza.

Șeful său, Cristian, avea colaboratori în Marea Britanie, datorită afacerilor sale, iar Sorin știa, deoarece vorbise cu el înainte să plece.

- Te-ai muta acolo, deși nu cunoști pe nimeni și să începi totul de la 0? Îl întrebă Cristian mirat.

- Da, pentru un timp, dacă aș avea alături oamenii dragi. Cred că mi-ar fi mai greu la început, însă m-aș obișnui în timp.
Depinde și de Iris și Mina, însă din ce am văzut în concediu, au fost încântate și ele de acel oraș

frumos. Nu aş putea să redau sentimentul de pace şi bucurie ce l-am simţit în acel loc, oricât aş încerca. Trebuie să mergi acolo şi să simţi personal. Poate şi faptul că am fost cu familia a contat, cert e că mi-a plăcut enorm.

- Am înţeles. Va trebui să mă uit şi eu pentru oferte de concediu, poate anul viitor merg şi eu cu iubita mea. Am fost în mai multe locuri în Marea Britanie, dar nu în Bournemouth.

- Îţi spun eu că nu vei regreta, mai ales dacă mergi în August. Nu e aşa cald ca la noi, însă frumuseţea locului, plaja curată şi atât de fină, atracţiile din jur, sunt motive suficiente, cel puţin aşa cred eu. Dar ştii vorba aceea, gusturile nu se discută, aşa că e posibil ca ţie să nu îţi placă ceva acolo, deşi mă îndoiesc.
Cei doi mai discutară puţin, apoi Sorin plecă acasă, deoarece programul de lucru se încheiase.

De multe ori noi numim coincidenţe anumite întâmplări din viaţa noastră, însă de puţine ori ne dăm seama că nu există coincidenţe şi că totul se întâmplă cu un motiv. Dorinţele noastre se materializează de multe ori, pentru că Dumnezeu ne aude şi ne aduce în cale oameni ce au efect asupra vieții noastre, fie prin ajutorul lor, fie prin oportunitățile ce ni le oferă.

La nici două săptâmâni de la discuția avută, Cristian, șeful său, îl chemă în birou. Surprins de cererea sa, având în vedere că nu avea nici un proiect de prezentat, Sorin întră în birou, apoi, după ce îl salută, luă loc pe scaun, așteptând să afle motivul.

Cristian îl întrebă:

- Ce faci? Cum ești?

Sorin se uită la el mirat.

- Sunt bine. De ce mă întrebi, ai un motiv anume?

- De fapt, da, am un motiv. Mă bucur că ești bine. După cum știi, zilele trecute, am avut o vizită de afaceri de la unul din partenerii noștri din Anglia.

Printre altele, am discutat despre deschiderea unei noi filiale acolo.

- Interesant. Ați decis ceva?

- Da, am primit o propunere într-un oraș pe care cred că îl știi, spuse Cristian zâmbind.

Sorin se uită la el curios și apoi exclamă:

- Nu pot să cred! Bournemouth??

- Ba să crezi. Da, Bournemouth.
Se pare că vom deschide acolo o filială și trebuie
să transferăm un asistent manager de aici pentru
o perioadă de doi ani.
Sorin se uită la el și nu îi veni să creadă.
Dacă cineva i-ar fi zis că se va întâmpla asta, nu
ar fi crezut.

- Cum s-a întâmplat asta exact după ce ți-am
spus de experiența mea acolo?

- Sincer, habar nu am. Coincidență sau nu,
destin, cert e că trebuie să trimitem pe cineva, iar
eu am vrut să îți fac ție propunerea asta prima
dată.

- Îți mulțumesc mult, apreciez. Va trebui să
îmi dai mai multe detalii, după care voi vorbi cu
Iris și vom decide împreună. Pot să le iau și pe
ele cu mine acolo, nu?

- Da, bineînțeles. Sunt de acord. Așa e
normal, să decideți împreună. Eu îți spun tot ce
vrei să știi, dar am nevoie de răspunsul tău cât
mai repede.
Dacă totul e ok, într-o lună trebuie să trimit pe
cineva, deoarece am un contract cu cei de
acolo ce trebuie respectat.

- Te înțeleg perfect. O să ai răspunsul meu cât de curând.

Cristian îi dădu mai multe detalii despre acel contract, pentru a fi sigur că înțelege tot. I se oferea cazare lui și familiei sale, în plus contractul pe doi ani plătit foarte bine, suficient cât să pună și bani deoparte.

Într-un târziu, Sorin plecă acasă, cu o licărire specială în ochi și cu zâmbetul pe buze. Deși nu îi dăduse nici un răspuns șefului său, el deja decisese ce vrea să facă, însă trebuia ca și Iris să fie de acord cu el. Atât de entuziasmat era, încât nici nu realizase când ajunsese acasă. Intră pe ușă și după ce se descălță, își dete paltonul negru jos, apoi merse în sufragerie, unde bănuia că erau fetele lui, cum îi plăcea să le spună lui Iris și Minei. Întra-adevăr, erau acolo.

- Tati, ai venit, spuse Mina când îl văzu.

- Da, am venit, frumoasa mea.

Iris se ridică de jos, unde stătea și se juca cu Mina, și îl pupă.

- Ce bine că ai venit, te așteptam. Vreau să vorbesc cu tine.

Sorin se uită la Iris mirat.

- Ce coincidență, și eu vreau să vorbesc cu tine. Te aștept în bucătărie, merg să fac un ceai de mentă. Vreți și voi?

- Da, vreau și eu unul, te rog. Mulțumesc.

Mina aprobă și ea din cap, zâmbind drăgălaș. În timp ce Sorin plecă la bucătărie, Iris o ajută pe Mina să construiască podul din lego pe care l-au început împreună. Odată ce terminară, Iris îi spuse Minei că merge să vorbească cu tati și să vadă dacă e gata ceaiul lor.

Ajunsă în bucătărie, îl văzu pe Sorin că statea la masă, îngândurat.

- S-a întâmplat ceva? întrebă Iris.

- Da și nu. Ia loc, te rog. Sorin se ridică apoi și îi puse o cană de ceai în față.

- Mulțumesc. Te ascult.

- Te las pe tine să îmi spui ce aveai de spus.

- Bine, cum dorești.

- Uite ce e, Sorin. Trebuie să facem o schimbare. Simt că ne distanțăm unul de celălalt tot mai mult. După ce ne-am întors din concediu, am observat că ne-am răcit puțin și că tu petreci tot mai puțin timp cu noi.

Sorin se uită la Iris mirat și deveni serios.

- Așa ai impresia, că ne-am răcit? Da, așa e, petrec mai mult timp la lucru, pentru că vreau să vă ofer cât mai mult și să avem un confort financiar. Oare crezi că nu mai vreau să petrec timp cu voi? Sunteți cele mai dragi ființe din viața mea.

- Știu asta, însă așa am simțit și am vrut să îți spun. Pentru noi e foarte important să comunicăm și să ne spunem temerile, gândurile, pentru a le putea discuta și clarifica.
Nu vreau să ne trezim într-o zi că nu ne mai leagă nimic.

- Păi nu are cum să se întâmple asta. Ne leagă fructul iubirii noastre, Mina, pentru totdeauna.
În plus, eu chiar vreau să îmbătrânim împreună, așa cum am promis de la început.
Promisiunile se respectă mereu.

- Ai dreptate. Apropo de Mina, am uitat că așteaptă să îi duc ceaiul.
Nici nu apucă să termine propoziția că Mina intră în bucătărie.

- Am auzit bine? Vorbeați de mine?

- Da, iubita mea, spuse Iris. Te așteptam la ceai. Luă ibricul și îi turnă Minei, ceai, în cănuța ei preferată, micuță și albă, cu prințese desenate pe ea.

- Mulțumesc mami. Acum să vorbim, că așa am auzit mai devreme, că avem ceva de discutat, spuse ea, cu seriozitatea ce o poate avea un copilaș de 3 ani.

Sorin și Mina au zâmbit, fără să poată să fie prea serioși dar totuși abținându-se să nu râdă.

Sorin decise să vorbească el.

- Bun, deci acum că ești și tu, am să vă pot spune la amândouă ce ofertă am primit azi. Dar, înainte de asta, țin să vă spun că nu voi lua nici o decizie fără voi.

- Asta e bine, spuse Iris.

- Bun, deci azi, Cristian, șeful meu, mi-a propus un transfer, mai precis un contract de muncă în alt oraș.

Iris se uita la el suprinsă.

- Poftim? Bănuiesc că ai refuzat, știi că eu nu m-aș muta din Sibiu și parcă nici tu nu voiai.

Mina, curioasă, îl întrebă pe tatăl ei despre ce oraș e vorba.

- Iris, draga mea, dacă ai răbdare, am să îți spun tot. Mina, e un oraș frumos, care ne-a plăcut mult la toți 3. Deci, mai întâi, vreau să vă spun toate detaliile, apoi decidem. Eu nu am spus nimic, voi da răspunsul meu săptămâna viitoare.

Sorin începu să le explice în ce consta acel contract și că trebuiau să se mute toți 3, pentru că nu concepea să locuiască fără ele.
Totul suna foarte bine din punct de vedere financiar, în plus aveau asigurată cazarea.
Mina, nerăbdătoare, insista să afle numele orașului.

- Hai, tati, spune unde, nu ne mai ține așa!
Sorin se uită la Iris, pe care nu prea părea că o încântă ideea, apoi se uită la Mina.

- Bournemouth!
Iris se uita la el cu neîncredere.

- Nu cred!

- Tati, mi-a plăcut mult acolo, mai ales marea, interveni Mina. Dar acolo se vorbește altă limbă,
adăugă ea întristându-se puțin.

- Deja știi să vorbești puțin limba engleză, ai învățat câteva cuvinte în concediu, replică Sorin. Hai să vedem ce zice mami, nu?

- Nu știu sincer ce să spun. Nu e o decizie ce o putem lua pe grabă. Mi-a plăcut mult acolo, în concediu, dar a ne muta pentru doi ani, ar însemna să o luăm de la 0, din nou.

- Nu ar fi de la 0, am avea asigurată cazarea și job-ul meu, iar acolo sunt convins că vom putea să ne adaptăm, deoarece e un oraș la fel de frumos ca Sibiu, spuse Sorin.

- Aici te contrazic. Nu e oraș mai frumos ca Sibiu. Totuși este un loc foarte plăcut. Trebuie să ne gândim bine și să decidem toți 3.
Iris se uită la Mina.

- Tu ce zici, ai merge într-un loc nou să stai acolo pentru mai mult timp?

- De ce nu? Doar cu condiția să fim împreună.

- Normal. Accept condiția, spuse Sorin, după care o îmbrățișă cu drag.

- Mami, tu ce condiții ai?

- Eu vreau să fim împreună, la fel ca tine, iubita mea.

- Perfect, atunci o sun pe buni să îi spun, spuse Mina sărind în sus de bucurie.

- Stai puțin, nu am decis încă. Îi spui luni, până atunci avem timp. Azi e vineri, vom avea un weekend la dispoziție.

- Off, bine, cum zici tu, mami.

Mina o pupă pe obraz și o îmbrățișă strâns pe Iris.

- Vă iubesc mult, pe amândoi.

- Și noi pe tine! Au spus Sorin și Iris, învăluind-o cu îmbrățișări.

Zilele următoare au discutat mult toate detaliile, punând în balanță atât avantajele cât și dezavantajale acestei schimbări radicale.

Până în acel moment, nici unul din ei nu locuiseră în alt oraș, ci doar în Sibiu. Faptul că Iris simțise o distanțare la Sorin, era încă un lucru ce trebuia discutat, însă cu mult calm și răbdare, totul se putea clarifica.

Tocmai de aceea, Sorin vorbi cu Iris a doua zi despre asta. O asigură că nu a fost intenția lui de a se distanța și nu a făcut asta intenționat, ci doar a avut mai mult de lucru iar oboseala a făcut ca el să pară mai indiferent sau rece.

- Te iubesc mult, știi asta, nu?

- Te iubesc și eu, de aceea am vrut să vorbim despre asta. Acum că am lămurit, hai să ne gândim la propunerea de a ne muta.

Iris nu s-a gândit niciodată să se mute din Sibiu, pentru că iubea orașul, oamenii și acolo își petrecuse viața până în prezent.
Aveau totul pus la punct și ar fi trebuit să renunțe la tot, adică familia ei, părinți, prieteni, la job. În plus, trebuiau să se adapteze unui mediu nou, să vorbească în altă limbă, să aibă un alt job. Motivația ar fi fost una financiară, în primul rând. Da, era o locație frumoasă, oamenii de acolo păreau educați și primitori, însă oare asta era de ajuns pentru a face aceea schimbare totală, chiar și pentru o perioadă scurtă?

Sorin îi propuse să scrie pe o foaie motivele pro și contra, apoi să le discute. Zis și făcut.

Iris aduse din cealaltă cameră un pix și o hârtie și scrise, spunând cu voce tare.
Motive contra:
1. E o altă țară
2. Se vorbește altă limbă.
Sorin o întrerupse pe Iris.

- E logic că dacă e altă țară, se vorbește altă limbă. Punem doar unul, nu două motive, bine?

- Hmm, ok, fie.

3. Nu cunoaștem pe nimeni.

4. Mina nu știe deloc limba engleză.

5. Comunicarea cu cei de acolo ar fi mai grea, cel puțin la început.

Sorin o întrerupse din nou.

- Ar trebui să pui și motive pro. Vrei să le spun eu?

- Da, poți să le spui tu și să le scrii.

- Bine, atunci le spun eu și tu completezi dacă e cazul.

1. E un oraș foarte frumos.

2. Engleza e o limbă ușoară iar Mina, fiind mică, ar învăța foarte repede.

3. Finaciar ar fi o șansă de a face economii, în timp ce ne petrecem zilele la malul mării. Cât de frumos sună asta.

4. Amândoi suntem firi sociabile, sunt sigur că ne vom face prieteni, iar așa ne va fi mai ușor să ne adaptăm mai repede.

5. Am avea parte de o experiență de neuitat.

Iris se uită la el apoi îi răspunse:

- Acum mi-am adus aminte de ce m-am căsătorit cu tine.

- De ce, iubita mea?

- Pentru că mereu ții cont de mine când iei o decizie. Trebuie totuși să recunosc, că de când am fost în concediu, în Bournemouth, mereu vorbesc despre cât de frumos a fost. Nu știu dacă acum iau o decizie bună, însă am decis.

Spun eu prima sau spui tu decizia ta, apoi eu?

- Te las pe tine, apoi spun eu.

- Bine, cum vrei tu. Eu zic că e timpul să facem o schimbare, sper eu, o schimbare bună. Deci, da, sunt de acord, spuse Iris, apoi își astupă fața, nevenindu-i să creadă că era dispusă să se mute în altă țară, într-un oraș în care a fost o singură dată.

Sorin se uită la ea, apoi o luă în brațe, fericit.

- Yeyy, ne mutăm la mare, iar zi de zi vom putea asculta valurile mării, fără să străbatem 2.600 km. Mulțumesc mult, am să fac să fie bine și să vă simțiți bine acolo. Promit! Te iubesc!

Iris îi răspunse:

- Te iubesc și eu! Recunosc că am temeri, mai mult legate de faptul că nu ne vom adapta, în special Mina. Dar împreună vom reuși să facem tot ce ne propunem, așa cum am făcut și până acum.

- Iris, și eu am temeri, e normal să avem. Însă nu putem lăsa temerile să ne controleze viața. Dacă din start refuzăm ceva doar pentru că ne e teamă că vom eșua, nu vom trăi niciodată experiențe noi care să ne ajute să evoluăm și să ne dezvoltăm personal.

A sta în același loc, a avea același job, viață și prieteni, nu este rău, atâta timp cât asta ne dorim. Însă eu știu că tu, ca și mine, vrei să ai parte de schimbări în viață și nu îți place monotonia.

Având în vedere că nu avem de gând să schimbăm partenerul de viață, ne rămân celelalte opțiuni, spuse Sorin, apoi îi dete un pupic de frunte. Această ofertă, provocare, spune-i cum vrei, a apărut fără nici o intervenție din partea noastră. Poate că divinitatea, universul, Dumnezeu, sau cum vrei tu să spui, ne-a luat în serios atunci când noi am zis că ne-ar place să locuim acolo.

- Mă sperii, mă faci să cred că este adevărat faptul că orice dorință se materializează în timp, replică Iris, serioasă.

- Păi uite o dovadă, acum. Noi ne-am spus o dorință, dar nu ne-am gândit o clipă că poate deveni realitate. Poate că nu am conștientizat puterea gândului și a energiei noastre.

- Cu siguranță nu am fost conștienți de asta. Nu ne-am gândit la cum am proceda dacă ni s-ar ivi ocazia să ne mutăm acolo, pentru că nu ar fi fost cazul. Avem aici o viață bună, toți cei dragi ne sunt aproape, deci practic avem o stabilitate. Cine ar schimba asta pe instabilitate?

- Iris, o luăm de la capăt? Nu facem asta, nu e ca și cum am pleca undeva fără nici o bază. Contractul meu de muncă acolo este mai mult decât suficient pentru a ne simți în siguranța din punct de vedere financiar.
Restul sunt detalii, pe care le vom rezolva împreună.

- Păi și un servici pentru mine, o grădiniță pentru Mina, astea sunt detalii?

- Nu, iubita mea, nu la asta făceam referire. Of, cum știi tu să sucești cuvintele cum vrei tu.

Aveți voi femeile, calitatea asta, spuse Sorin, zâmbind.

- Ce vrei să spui?

- Nimic, nimic, nu mă băga în seamă.

- Bine, fie cum zici tu. Trec peste, de data asta, răspunse Iris, după care îl îmbrățișă.
Se așezară apoi pe micul colțar din bucătărie, savurând o cafea făcută de Iris.
Sorin savură încet cafeaua, în timp ce o privea pe Iris cu mult drag.

- Gândeste-te puțin, Iris, cum ar fi fost să fi ținut cont mai mult de temerile pe care le aveam amândoi atunci când ne-am cunoscut?
Acum nu mai eram o familie și nu aveam o fetiță minunată, ce acum stă și ne ascultă pe la ușă.

 Spunând acestea, Sorin, deschise brusc ușa de la bucătărie, iar în față îi apăru Mina, speriată.

- Tati, m-ai speriat, spuse ea, punând mânuța la inimioara ei mică.
Sorin se uită la ea, zâmbi. după care se aplecă în fața ei, în genunchi și puse mâna lui peste a ei.

- Nu am vrut să te sperii, draga mea, dar dacă nu ascultai la ușă, nu se întâmpla asta. Știi, oamenii mari trebuia să vorbească lucruri serioase pe care copiii nu le pot înțelege mereu.

- Dar eu am înțeles tot, spuse ea pe un ton serios. Ne mutăm în Anglia, nu-i așa?

Iris, amuzată, înterveni în discuție.

- Mina, draga noastră, ai înțeles bine, da am decis că ne vom muta pentru un timp, asta dacă și tu ești de acord.

- Daa, sunt de acord, spuse Mina, în timp ce dădea din cap. Mi-a plăcut mult acolo, deși nu prea înțelegeam nimic din ce vorbeau cei de acolo.

- Minunat! Deci așa rămâne stabilit, ne mutăm în Bournemouth, replică Sorin fericit.

Continuară să vorbească și să pună la punct ce aveau de făcut înainte de plecare.

Totul era mai ușor atunci când se împărțea la doi. Fiecare avea să se ocupe anumite sarcini, altfel încât până la sfârșitul lunii să fie pregătiți. Ziua se termină frumos pentru ei, și adorrmiră cu gândul la acea mutare.

Iris avea câteva prietene apropiate care îi rămăsese alături pe parcursul vieții ei, până în momentul de față. Cu unele din ele se vedea des,

iar cu altele mai rar, nu pentru că nu ar fi vrut
însă pentru că nu se prea nimereau să fie libere
în același timp. Una din prietenele ei de suflet
era Claudia, ce avea un suflet minunat și cu care
putea povesti orice, pe care o putea suna la orice
oră din zi și din noapte, dacă avea o problemă
sau dacă pur și simplu voia să vorbească cu
cineva.

Oricine o privea pe Claudia, o plăcea din
start, deoarece punea preț pe ea și pe aspectul
său exterior. Blondă, cu părul lung și creț, cu
ochii căprui, înaltă și slăbuță, frumoasă cu
adevărat, nu doar fizic ci și sufletește.
Se lăsa cunoscută cu adevărat doar de puțini
oameni, iar cei ce nu știau cum e, puteau avea
impresia că e o femeie inabordabilă.
Acest lucru era complet greșit, însă asta nu o
deranja pe Claudia foarte mult, deoarece ea avea
încredere deplină în ea și știa cine e, iar oamenii
apropiați din viața ei o apreciau și îi cunoșteau
calitățile.

Una din cele mai mari calități pe care le
observase Iris la prietena ei era compasiunea. Pe
lângă asta, bunătatea ei o deosebea de alții, iar

Iris rămânea mereu uimită de felul cum se purta Claudia cu cei dragi, în special cu ea. O întâmplare îi rămase în minte de când fusese prima oară căsătorită și apelase la ajutorul ei.

Era noaptea, iar Mateo întârziase mult, iar când în final ajunse acasă, se răsti tare la Iris și se purtă violent cu ea, împingând-o, fără să îi pese de ea. Atunci Iris, supărată, ieșise din casă doar cu telefonul și portofelul după ea. Era 12 noaptea și nu știa pe cine ar putea suna pentru a vorbi și a se descărca, dar și pentru a dormi în altă parte, deoarece era foarte speriată.

Primul gând îi zbură la Claudia, și fără să stea pe gânduri, o sună, iar ea îi răspunse imediat. Nu avu nevoie de multe explicații și peste puțin timp, îi deschise ușa casei sale și o îmbrățișă cu drag. Claudia o asigură pe Iris că e binevenită în casa ei oricând și că poate sta cât timp are nevoie, fără să își facă griji.

Pentru Iris, acel moment în care ea a avut nevoie de un prieten și Claudia a fost alături de ea, a însemnat enorm și a promis că mereu îi va fi și ea alături, oricând. Respectul și afecțiunea față de oameni, compasiunea și bunătatea, erau calitățile Claudiei, dar nu oricine putea să vadă asta, dacă nu o cunoaștea cu adevărat.

Iris se simțea binecuvântată cu asemenea prietenă și chiar dacă nu se întâlneau des, în momentele cele mai importante i-a fost alături, fără să pretindă în schimb ceva.

Odată cu începerea unei noi căsnicii, Iris crezuse că prietena ei o va privi altfel, că va fi mai distantă. Această teamă se dovedise a fi falsă, deoarece Claudia nu era deloc împotrivă, din contră ea și soțul ei, continuară să o considere prietenă, ba chiar au ajutat-o să se mute cu Sorin și să pornească o nouă viață. Poate că Iris nu o căuta prea des pe Claudia, așa cum ar fi trebuit, însă niciodată ea nu i-a reproșat asta, iar acest lucru o făcea pe Iris să o respecte și să o admire enorm.

Odată ce Iris și Sorin au decis să accepte să se mute în Bournemouth, prima persoană căruia Iris voia să îi spună aceea veste a fost Claudia, deoarece pe mama ei avusese grijă Mina să o anunțe.

O sună, iar Claudia răspunse imediat.

   - Ceau, Iris, ce faci? Ești bine?

- Ceau, Clau, sunt bine, mulțumesc. Tu cum ești?

- Uite pe aici, pe acasă, mă relaxez puțin după o zi obositoare la lucru. Azi am lucrat la control cu patronul italian, a venit să verifice comanda de pantofi ce va pleca luni în Italia.

- Te cred, dar important e că a trecut. Ai experiență la control și nu cred că au fost probleme. Lucrezi de atâția ani în încălțăminte, ai vechime, ești apreciată pentru profesionalismul și seriozitatea ta.

- Nu a fost problemă cu ce am controlat eu, însă a trebuit să dau înapoi multe perechi de pantofi la oameni, pentru a face din nou anumite faze, la cremă, la tocuri, etc. Știi că nu îmi place să fac asta, însă nu am avut încotro.

- Da, știu, mi-ai mai spus, dar asta e job-ul tău, nu ai ceva personal cu nimeni. Sunt convinsă că vor înțelege asta, cu siguranță și ei ar fi făcut la fel dacă eram în locul tău.

- Sper, oricum nu am ce face, dar, ce e bine este că doar azi a fost patronul italian. Spune-mi despre tine, simt că ai să îmi dai o veste mare, spuse Claudia.

- De unde știi? Ai dreptate, spuse Iris, am o veste mare. Am decis să ne mutăm în Anglia, în Bournemouth.

- Woww, asta da veste mare! Nu acolo ați fost în concediu recent?

- Ba da, chiar acolo. Nu o să îți vină să crezi, însă Sorin a primit oferta de a se transfera pentru doi ani acolo, iar firma lui suportă cazarea, iar el a spus că acceptă dacă mergem împreună, ceea ce e ok, deoarece oricum șeful său știa cât de mult înseamnă familia pentru Sorin.

- Asta da coicindență. Nu îmi vine să cred. Tu mereu spuneai că nu te-ai muta din Sibiu, cum de te-ai decis să faci asta acum?

- Claudia, așa e. Niciodată nu m-am gândit și nu mi-am propus asta, însă acel loc mi-a intrat la suflet. Sincer, am pus pe hârtie avantaje și dezavantaje, apoi am discutat împreună, eu cu Sorin. E vorba de 2 ani, nu de o viață. Am putea să facem economii, pentru că salariu lui acolo va fi în lire, ceea ce e un avantaj mare, ca să nu mai spun de faptul că vom putea sta pe plajă în orice zi vrem, deoarece cazarea va fi aproape. Nu aș locui o viață acolo, deoarece nu m-aş simţi acasă, însă cred că e o experinţă pe care nu aş vrea să o ratez.

- Mă bucur mult pentru voi. Sunt curioasă cum a reacţionat Mina.

- Vai, dar a fost încântată să audă vestea asta, ascultând pe la uşă ce vorbeam noi, spuse Iris amuzându-se iar de acea situaţie.

- Păi cum aşa, nu înţeleg.

- În timp ce vorbeam cu Sorin despre asta, aveam uşa închisă. La un moment dat, Sorin cred că a auzit ceva şi a deschis uşa brusc, făcând-o pe Mina să se sperie, căci ea chiar nu se aştepta.

- Acum înţeleg, răspunse Claudia, zâmbind şi ea.

- Deja ea îşi pregăteşte bagajele, deşi plecăm de abia peste 2 săptămâni.

- Draga de ea, sunt convinsă că va avea multe de luat. Aşa repede plecaţi?

- Da, e nevoie de Sorin acolo, iar din moment ce totul e aranjat de firmă, e chiar ok. Oricum nu vom lua multe după noi, am văzut când am fost că există magazine cu preţuri mici sau la fel ca aici. Casa unde vom locui e mobilată în totalitate și dotată cu tot ce trebuie, de la aragaz până la paturi și dulapuri unde să ne punem hainele și să dormim.

Iris îi trimise poze cu casa și grădina, la care Claudia rămase impresionată.

-Te-am înnebunit la cap cu mutarea asta, acum, dar îți spun sincer că sunt foarte încântată de acest lucru, deși nu aș fi crezut asta.

Sper să nu plâng prea mult de dor de casă, pentru că, după cum știi, în afară de concediile scurte, nu am stat nicăieri altundeva decât în Sibiu.

- Da, știu, de aceea mă mir, dar sunt convinsă că te vei adapta, atât tu cât și Sorin și Mina.

- Mulțumesc mult, Clau. Ești o prietenă adevărată.

- Cu mare drag, Iris. La fel ești și tu pentru mine, știi. Neapărat să îmi arăți tot când ajungi acolo și să mă ții la curent, în plus să nu eziți să mă suni, eu voi fi mereu alături, indiferent unde locuiești.

Prietenia nu înseamnă să te vezi zi de zi neapărat, ci să fii prezent în momentele în care

simți nevoia să râzi sau să plângi, să te descarci
si să asculți, iar dacă poți să ajuți.

A face asta din proprie inițiativă și nu din vreo
obligație anume, inseamnă că ești un prieten
adevărat. Eu te îmbrățișez cu mare drag și aștept
vești de la tine.

- Ai dreptate, iar eu sunt binecuvăntată să am
așa o prietenă deosebită, ca tine. Te pup și te
îmbrățișez.

Iris închise telefonul, fericită pentru că avea
așa o prietenă. Mereu după ce vorbea cu ea, se
simțea bine, relaxată, liniștită, cu o stare bună.
În schimb, dacă vorbea cu o altă persoană ce era
o persoană toxică și care gândea negativ, imediat
după ce închidea telefonul, se simțea agitată,
nervoasă, fără nici un pic de liniște și răbdare.
Mai demult, Iris, citise undeva că ar trebui să
fim mai atenți la oamenii cu care ținem legătura,
iar dacă e nevoie, să facem o selecție a lor, o
triere, în funcție de anumite criterii.
Unul din criterii era acela de a observa reacția
noastră după ce ne despărțim de un om,
indiferent că e la telefon sau față în față.

Dacă o discuție cu o persoană ne dă o stare interioară bună și o energie bună, e clar că trebuie să avem un contact mai des, să păstrăm acea persoană în viața noastră. Dacă în schimb, o discuție cu o persoană, ne provoacă o stare interioară proastă, o energie negativă, dacă ne simțim nervoși și agitați, e clar că trebuie sa menținem o anumită distanță, deoarece persoana respectivă ne ia din enegia noastră pozitivă.

Nu e vorba de judecată, ci doar de alegeri personale, ca de exemplu alegerea modului de trai sau alegerea prietenilor. Iris știa că dacă ținea alături oameni ce îi făceau rău, psihic, atunci se condamna singură la o viață în suferință și durere.

Fiecare om are posibilitatea de a avansa pe orice plan, însă pentru asta era foarte important să evite tot ce îi putea strica pacea și liniștea ei interioară. Doar așa putea evolua cu adevărat.

Timpul trecu repede, iar ziua plecării lor în Anglia venise. Cu speranță și încredere, Iris, Sorin și Mina, au plecat spre noua lor casă, în Bournemouth. Au ajuns târziu, dar au fost așteptați de un coleg englez, ce i-a condus până acasă, iar după ce le-a explicat în mare cum funcționează tot, i-au lăsat să se odihnească.

Casa unde urmau să locuiască pentru următorii doi ani era micuță și cochetă, iar în fața ei, era o mică alee, precum și un spațiu verde.

În ambele părți ale aleei, erau plantați câțiva brăduți mici, ce îi plăcură Minei așa mult, încât îi admiră mult timp.

În interior casa avea un living, baie, bucătărie și în spate o grădină mare, iar la etaj erau două camere și o baie, ceea ce era suficient pentru ei.

Totul era curat și aranjat cu mult gust iar Iris și Sorin se declarară mulțumiți de alegerea făcută.

Cel mai mare avantaj era faptul că se aflau aproape de mare, precum și de grădinița unde trebuia să meargă Mina.

Din nou, viața lor se schimba radical, însă atâta timp cât erau împreună, totul era mai ușor.

Fiecare pas înainte reprezintă o nouă experiență de viață, iar atunci când este trăită cu cineva drag, devine mai intensă și mai interesantă.

Ce le rezerva viitorul în acel loc, ei nu puteau prevede, însă sperau ca cei doi ani să treacă într-un mod plăcut și să nu regrete decizia pe care au luat-o.

Următoarea perioadă a fost una foarte interesantă, iar timpul trecea cu repeziciune. Înscrierea Minei la grădiniță a fost o adevărată provocare, dar cu ajutorul unor cunoștiințe de la firma lui Sorin, au reușit să facă asta. Pentru Iris, această perioadă de adaptare într-o nouă țară și alt oraș, a fost puțin mai grea, deoarece deși aveau o stabilitate financiară, avea un gol în suflet, de parcă cineva i-ar fi luat ceva de acolo și ar fi rămas incomplet. I se părea ciudat cum Bournemouth, un oraș turistic minunat, nu îi umplea acel gol ce îl simțea de când plecase din Sibiu.

Nu putea avea tot, iar Iris știa asta, iar faptul că avea atât de multe, era un motiv de recunoștiință, iar ea nu uita niciodată să mulțumească lui Dumnezeu pentru toate binecuvântările din viața ei. Deoarece nu avea un job în acele momente, decise să se focuseze mai mult în casă, creând din mica lor căsuță, un mic colț de rai, în care să se simtă toți minunat.

În paralel, se apucă să aplice online pentru diferite job-uri part time, adică cu jumătate de normă, în aşa fel încât să poată să se încadreze să o ducă şi să o ia pe Mina de la grădiniţă.

La fel ca multe alte mămici ce doreau să se ocupe cât mai mult de educaţia şi creşterea copilului, Iris decise să îi dedice mai mult timp Minei în perioada aceea a copilăriei ei.

Avea sprijinul total al lui Sorin, care o aprobase în luarea acestei decizii, ba chiar o încurajă să facă asta şi de asemenea o asigură că îi este alături pas cu pas şi că este mândru de ea.

Efectul pe care îl avea tot timpul petrecut de Iris cu Mina, educaţia pe care i-o dădea ea şi Sorin, se observa imediat de către oricine intra în contact cu ea.

Bineînţeles că avea momentele ei în care se răsfăţa sau îşi arăta nemulţumirea, ca orice copil. Iris şi Sorin erau alături de ea şi o corectau într-un mod non-violent, din limbajul lor lipsind cuvinte jignitoare ce ar fi putut răni pe Mina. Viaţa lor decurgea frumos, cu bune şi rele, iar zi de zi ei căutau să creeze ceva frumos, o amintire care să dureze în timp, în sufletul şi mintea lor.

Mesagerul sufletelor

"Fă rai din ce ai"

O nouă zi începea și Iris era pregătită să
înceapă un proiect nou. Evenimentele din ultima
vreme au făcut-o să realizeze că trebuia să ia o
nouă decizie și să aleagă un drum nou.
Își pregăti cafeaua și deschise laptopul pentru a
căuta informații legate de tot ce ținea de acțiuni
caritabile și de cum se poate crea o asociație în
acest scop. Multe din infomații le luă de pe
google, însă avea nevoie de ceva în plus, un
exemplu de asociație caritabilă cu membri din
mai multe orașe sau chiar țări.
Cum stătea așa pe gânduri, îi veni în minte
Maria, cea care îi era prietenă de mult și care era
și președinta unei asociații de acest fel.

O sună cu speranța că ea îi va oferi mai multe informații.

- Bună, Maria, eu sunt Iris. Cum ești?

- Bună, Iris, draga mea prietenă. Nu ne-am mai auzit de mult. Sunt bine, mulțumesc, fericită și împlinită. Tu cum ești?

- Mă bucur mult. Sunt bine și eu, iar acum am decis să încep un nou proiect.

- Wow, mă bucur mult. Aștept să îmi spui despre ce e vorba. Sunt convinsă că e ceva de suflet, mereu alegi doar proiecte frumoase.

- Ai dreptate, este un proiect de suflet, ceva nou dar ce mi-a captat atenția și asupra căruia vreau să ma focusez acum. Este vorba de a crea o asociație caritabilă. Mereu mi-a plăcut să ajut oameni, iar recent m-am gândit că ar fi mult mai bine dacă aș ajuta într-un mod mai organizat, oameni aflați în situații foarte grele, cazuri sociale, copii fără strictul necesar carora și eu, așa ca tine și ca mulți alți, să le pot schimba puțin viața.

- Ești minunată și mă bucur mult că ai ales asta. Cum ai zis și tu, ești oricum genul de om căruia îi place să ajute și prin acest proiect poți ajuta mai mulți oameni, dacă aduni alături de tine, oameni potriviți. Având în vedere că ești acolo, în Anglia, șansele de a crea ceva frumos și benefic sunt mai mari. În România am cunoscut oameni minunați care s-au implicat și au dorit să ia parte la activitățile aociației ce o conduc, însă posibilitățile oamenilor de aici de a ajuta sunt mai reduse, datorită veniturilor mici, asta comparativ cu Anglia.

Spune-mi cu ce vrei să te ajut și am să fac asta cu mare drag. Totuși vreau să îți spun că pașii ce i-am urmat eu sunt diferiți de cei pe care trebuie să îi urmezi tu.

- Ai dreptate, Maria, așa e, sistemul e diferit și regulile și pașii de urmat sunt altfel aici. Am început să caut asociații care să fie fondate de români pentru români, dar care să fi pornit de aici din Anglia. Mă gândeam că poate tu ai printre colaboratorii sau cunoștiințele tale asemenea persoane. Tu ai contact cu mulți oameni de pretutindeni și cu siguranța și din Anglia, asta exceptându-mă pe mine, bineînțeles, adăugă Iris, zâmbind.

- Tu ești mai mult decât un colaborator sau cunoștiință, ești prietena mea de suflet pe care o iubesc mult.

- O, te iubesc și eu mult, iar faptul că am plecat și că vorbim mai rar nu ne-a îndepărtat sufletește și asta mă bucură cel mai mult.

- Iris, prietenia adevărată se menține mereu, indiferent de drumurile pe care o iau oamenii. Iar noi suntem dovada vie a acestui lucru. Să știi că în timp ce vorbeam, mi-am adus aminte de cineva care a făcut ce ai zis tu, a pornit o asociație, de acolo din Anglia, iar acum are parte de o susținere enormă din partea a mii de români din Diaspora și de acasă.

- Știam eu de ce m-am gândit la tine. Eram sigură că mă poți ajuta și de data asta. Da, este exact ce vroiam să aflu, cum se numește această persoană și cum pot să aflu mai multe?

- Este un bărbat, îl cheamă Marius Simionică iar asociația creată de el se numește "Asociația caritabilă Marius și prietenii".

Are o pagină de facebook unde poți afla mai multe despre el, în plus e un om foarte deschis și sunt convinsă că dacă vei vrea să afli mai multe, îți va răspunde el sau colaboratorii săi, în caz că el e pe teren. Majoritatea timpului și-l petrece implicându-se activ în cazurile pe care le rezolvă.

- Mulțumesc mult, am să îl caut. Apropo, cum adică se implică activ? Nu are oameni ce fac asta?

- Ba da, însă pentru el această asociație nu e doar un proiect simplu, ci un mod de viață. Astfel încât muncește cot la cot, dacă nu mai mult, cu restul celor implicați.

- Pare un om care inspiră, nu doar fondator al unei asociații. Omul potrivit de la care mă pot inspira și pot învăța cum să ajut și cum să implic și pe alții în asta.

- Iris, exact așa e. Este un model, un mesager al sufletelor, așa cum spune și el. Îți doresc mult succes și ține-mă la curent cu acest nou proiect al tău.

- Bineînțeles, draga mea. Îți mulțumesc încă o dată și păstrăm legătura. Mult succes și ție în tot ce faci. Te pup și te îmbrățișez cu drag.

- Te pup și te îmbrățișez, Iris. Ai grijă de tine.

Iris închise telefonul şi se decise să caute pe Facebook, acel om şi asociaţia înfinţată de el.
Pagina "Asociaţia caritabilă- Marius şi prietenii" îi atrase imediat atenţia lui Iris.
Citi una din postările de acolo:
"Dacă vrei să ajuţi, poţi face asta prin donaţii sau chiar şi prin distribuirea acestei postări. Aceste fetiţe au dreptul la o viaţă normală iar noi le putem ajuta".
În continuare, în postare era descrisă o situaţie ireal de cruntă a unei familii.

Cinci fetiţe erau crescute doar de tatăl lor într-un cămăruţă improvizată într-un grajd pentru animale, de peste 12 ani de zile.
Nu aveau o locuinţă şi nici venituri suficiente pentru a lua una, chiar şi în chirie. Trăiau într-o sărăcie cruntă şi tot locul arăta din poze atât de groaznic, încât nu îţi imaginai că putea exista în realitate.
Fetiţele zâmbeau în poze, cu ochişorii plini de suferinţă ce depăşea orice imaginaţie, de neconceput pentru majoritatea lumii.
Iris vru să afle mai multe despre această asociaţie, curioasă datorită Mariei care îi spusese

prima oară de ea și se uită, în contiuare, pe pagina aceea de Facebook, unde găsi o descriere a asociației făcută de Marius Simionică, fondatorul ei.

" 1. Cine suntem?

"Ceea ce ești se va vedea în ceea ce faci", spunea Thomas Edison. La fel credem și noi!

Suntem prima asociație înființată din dorința românilor de pretutindeni, fondată în 08 Mai 2019(deși activăm din Mai 2017) de către Marius Simionică cu sprijinul miilor de români din toată lumea (Anglia, Germania, Italia, Spania, Franța, Danemarca, Belgia, Austria, Canada, SUA și multe alte țări) precum și din România și Republica Moldova.

Cum ne poți susține tu?

Prin donații direct în conturile asociației.

Prin redirecționarea impozitului pe salariu (formularul 230) - angajați.

Prin redirecționarea impozitului pe profit pentru firme și companii.

Haine, alimente sau materiale de construcții.

Prin donații de alimente, haine, jucării ori materiale de construcții sau orice altceva considerați ca ne poate fi de ajutor in acțiunile noastre.

E-mail: bmbbuildingservices@gmail.com sau pe site-ul asociației:

https://www.mariussiprietenii.com/

2. Misiunea noastră?

Împreună, ne dorim să schimbăm vieți, mentalități și chiar destine. Implică-te și tu, alături de noi! Acțiunile noastre desfășurate încă din anul 2017, pe care ne propunem să le susținem și în continuare, acoperă mai multe domenii:

- repatrieri;

- creștere și îngrijire copii, având vârste cuprinse între zero și trei ani;

- programe educaționale pentru școlari și preșcolari având până la 14 ani;

- amenajări/ reamenajări spații de locuit pentru familii nevoiașe cu copii;

- festivități organizate de Ziua Copilului;

- dotarea unor săli de calculatoare destinate copiilor aflați in centrele de plasament;

- amenajarea unor spații de joacă pentru copii instituționalizați;

- sprijin acordat persoanelor cu handicap locomotor prin donarea cadrelor speciale sau a unor scaune cu rotile, în funcție de nevoi;

- asigurare alimente și medicamente bătrânilor aflați în adăposturi amenajate pe lângă biserici sau mănăstiri sau cei rămași singuri.

- surprize atât pentru cei mici, cât și pentru cei mari de Sărbători (de Crăciun, de Sf. Paști);

- Protejarea mediului înconjurător prin campanii de informare, conștientizare și educație ecologică.

Cu alte cuvinte, reușim să aducem zâmbete și bucurie acolo unde apar cele mai mari nevoi. Vino alături de noi și împreună vom putea schimba mai multe vieți. Vom ajunge acolo unde poate alții și au pierdut speranța și încrederea. Doar împreună vom putea crea un mediu favorabil creșterii și educării copiilor noștri, îngrijirii bătrânilor rămași fără ajutor, tratării bolnavilor și, nu în ultimul rând, să ne asigurăm tuturor un mediu curat și sănătos prin campaniile dedicate protejării mediului. Cât de multe putem să facem? Asta depinde și de implicarea dumneavoastră.

Doar împreună reușim!

Nu contează domeniul, chiar nu contează! Pentru a reuși trebuie să iubești cu toată ființa ceea ce faci, să te dedici în totalitate misiunii tale! Nu există jumătăți de măsură, nu există amânări și delăsări! Totul e acum ori niciodată! Timpul nu iartă, nu dă înapoi nici măcar o secundă, nu stă in loc! El doar trece si depinde de tine dacă trece in favoarea ta sau din contră! Te rog, să nu renunți niciodată dacă tu crezi și să insiști până când și alții vor crede împreună cu tine. Cel mai bun mod de a demonstra că meriți, rămân faptele.

Nu promite niciodată dacă ai îndoieli. Rămâi pozitiv și încrezător chiar dacă unii te vor dezamăgi pentru că mult mai mulți rămân în continuare alături tine. Creează-ti o echipa pe care să simți că o poți conduce spre succes! Succesul nu are niciun farmec dacă nu e împărțit. Satisfacția nu vine doar din ceea ce poți să faci tu de unul singur! E formidabil să simți că ii mobilizezi și pe alții în jurul tău! Că acțiunile tale au un ecou!

Pentru mine personal, ceea ce fac nu mai înseamnă de mult "fapte bune" ci este un stil de viață prin care mă identific ca om. Nu mă mai gândesc "când am început" și nici "când voi renunța", mă gândesc doar cum și ce pot face pentru a ajuta astăzi! Primesc zeci de mesaje de la persoane pe care se pare că faptele noastre le inspiră și vor la rândul lor să ne urmeze pașii...succes! Asta îmi umple sufletul de bucurie. Al vostru, Marius Simionică."

Iris rămase surprinsă de câte acțiuni erau făcute de aceea asociație și de felul cum prezenta Marius cazurile și cum inspira și motiva oamenii. Iată că există totuși și oameni cu suflet atât de mare încât nu se limitează la binele pe care îl fac zi de zi și sunt fericiți atunci când ajută pe cei mai necăjiți mult mai mult, implicând pe lângă ei oameni cu suflet ce participă cu drag la schimbarea unor destine.

Puterea exemplului se pare că funcționează, deoarece această asociație ajunsese la cea de-a treia casă construită, pe lângă celelalte proiecte demarate de ei. Acești oameni erau mesageri ai sufletelor triste și abandonate de societate, de familie câteodată, uneori chiar și de prieteni.

Ei au ales să întoarcă capul către cei pe care autoritățile îi ignoră și îi uită într-un colț de lume. Își dedică timpul, implicându-se total și voluntar în viețile acelor oameni, cumpărând cele necesare, renovând casele în care locuiesc sau câteodată chiar ridicând case noi pentru ei.

Marius Simionică era prezent peste tot unde era nevoie în cazurile pe care le ajuta și mai mult de atât, se implica activ în rezolvarea lor. Atât de activ încât se ocupa și de construcția caselor. Pas cu pas, ridica case pentru cei pe care alesese să îi ajute. Nu era doar o persoană a vorbelor frumoase, ci și a faptelor bune.

Fiind fondatorul asociației, se ocupa de partea de organizare, planificare si prezentare a cazurilor ce necesitau ajutor, împreună cu alți români buni ce știau să fie oameni. Pe lângă asta, era prezent la toate acțiunile, nu doar zâmbind și dăruind, ci și ajutând pas cu pas. Era un om plăcut și iubit de mulți oameni, cel puțin așa reieșea din comentariile celor de pe pagina aceea de Facebook.

Avea în jur de 34 de ani, înalt, cu o constituție atletică, părul negru și ochii căprui. În părul scurt și în barba sa, se puteau vedea câteva fire de păr albe, ce erau cumva parcă o dovadă a unei înțelepciunii aparte, ca urmare a unor experiențe de viață mai intense.

De asemenea, implicarea lui în cazurile umanitare nu era doar financiară, ci și sufletește. Nu putea fi indiferent la necazul acelor copii și oameni, iar acest lucru se putea observa din pasiunea cu care vorbea și scria pe rețelele de socializare.

Acel bărbat reușise să schimbe vieți, să creeze un viitor pentru copiii ce erau condamnați la o viață de chin, prinși într-un destin prea crunt. Totul pornise de la o acțiune personală a sa, în Anglia, acolo unde se mutase cu mulți ani în urmă. După ce a observat că mai mulți oameni vor sa i se alăture, a început să facă tot mai multe strângeri de fonduri, reușind să strângă în jurul său mii de români de pretutindeni din lume. Odată cu începerea acestui voluntariat, datorită faptului că trebuia să întreprindă acțiuni în mai multe locații din Anglia și mai ales din România, a petrecut tot mai puțin timp cu băiețelul său mai mic, Luca.

La început era ajutat de acesta la diverse pachete ce le pregătea pentru cei nevoiași. Apoi pe măsură ce Marius mergea mai des în România, nu îl mai putea implica pe Luca așa mult, însă mereu țineau legătura.

Deși nu însemna că renunța la el, nu mai putea fi alături de el zi de zi și asta îl durea enorm, însă era o parte din prețul pe care trebuia să îl plătească pentru acea activitate și acțiuni caritabile. În România avea pe băiatul lui mai mare, Bogdan, care se implicase activ și el la construirea a două case, dar și în alte acțiuni.

Era mândru că băieții lui voiau să se implice și ei în acțiunile asociației al cărui fondator era. Nu oricine poate să facă acest sacrificiu, de a dărui timpul său, pe care îl poate petrece cu

familia, din dorința de ajuta pe acei oameni
necăjiți ce luptă pentru a supraviețui.

Cu siguranță, Iris avea mult de învățat de la
acest om și era exact ce dorise ea să găsească, ca
să poată crea la rândul ei o asociație caritabilă.
Își luă caietul și începu să noteze anumite idei
despre cum să promoveze și să implice mai
mulți oameni în această asociație ce va avea ca
scop ajutorarea copiilor. Iris iubea copiii și
considera că ei sunt cei au nevoie de oameni ce
îi pot ajuta să aibă șansa la o viață mai bună.
Toți oamenii aveau dreptul la o viață mai bună,
dar pentru început voia să se ocupe de copii.

Orele zburaseră și Iris mai avea doar puțin
până să o ia pe Mina de la grădinița unde o
înscrisese de curând. Închise laptopul și se
schimbă, apoi plecă în grabă spre grădiniță.
Ajunse în timp acolo și chiar atunci Mina ieșea
cu una din educatoarele ei de mână.

Acolo, în Bournemouth, ca de altfel și în
restul Angliei, erau mai multe educatoare și
suplinitoare pentru fiecare grupă în parte. Aveau
mare grijă de ei și de educația lor, iar asta îi
plăcea mult, pentru că în felul acesta educația pe
care o dădea Iris acasă se completa cu cea de la
grădiniță.

Privi spre Mina cu drag cum o îmbrățișa pe educatoare și îi zâmbea. Pentru Iris, Mina era un copil frumos, cel mai frumos, cu obrăjorii ei drăgălași, ochii căprui, părul blond și lung.

Era îmbrăcată în acea zi cu hăinuțele ei preferate pe care le alesese singură de dimineață, rochița mov ce se asorta cu ghetuțele de aceeași culoare.

Pe deasupra avea un paltonaș roz ce se asorta cu o beretă tot roz.

Veni repede spre ea și o îmbrățișă cu putere.

- Mami, ce mă bucur că ai venit tu să ma iei. Am să îți dau o veste, spuse Mina cu o voce blândă.

- Iubita mea Mina, mă bucur și eu că am venit. De abia aștept să aud ce veste ai să îmi dai, dar înainte de asta vreau să te întreb ceva. Dacă ar fi venit Ana, prietena noastră să te ia, nu te-ai fi bucurat?

- Ba da, mami, mă bucur și când vine ea, dar mai mult mă bucur când vii tu. Hai să mergem, îți povestesc pe drum, spuse Mina, prinzând-o de mâna dreapta cu mânuța ei mică.

- Bine, Mina. Hai să vedem ce ai tu să îmi spui.

- Mami, azi am avut o temă de făcut în clasă.

A trebuit să dăm exemplu de un copil pe care noi l-am ajutat. Atunci când a venit rândul meu, am spus de băiețelul acela ce l-am văzut pe stradă zilele trecute. Am spus că noi două am luat dintr-un magazin ceva de mâncare și de băut și i-am dăruit lui, iar pe lângă asta, i-am dat bănuții ce tu mi i-ai dat în acea zi să îi pun la pușculița mea.

- Foarte frumos, mă bucur că ai spus asta. Ce au spus educatoarele după ce ai povestit?

- Mami, au spus că am un suflet bun atât eu cât și mama mea. M-am bucurat mult și am promis că voi ajuta în continuare cât pot, pe copiii aflați într-o situație mai grea. Mă ajuți să fac asta, mami?

Iris se uita la ea și nu îi venea să creadă. Exact asta voia să facă ea mai departe, să ajute copii, să aducă un zâmbet și o alinare pe fața lor.

- Da, iubita mea, te ajut și vom dărui și altora din puținul ce îl avem, dar mai mult de atât vom aduna și pe alți oameni în jurul nostru pentru a ajuta mai mult. Chiar azi am decis să încep un nou proiect, crearea unei aociații caritabile ce va avea ca scop ajutorarea copiilor ce au mare nevoie și care se luptă să supraviețuiască.

- Woww, super, mami. Știam eu că am cea mai bună mamă din lume.

- Mă ajuți să îi dau un nume la acest proiect?

- Da, da, cum să nu. Hmm, să mă gândesc, spuse ea cu o față serioasă, apoi puse un degețel pe față ca și când stătea pe gânduri.

Iris se uita la ea cu drag și încerca din răsputeri să nu râdă, deoarece mimica feței ei era tare drăgălașă.

- Te las să te gândești mai mult. Nu trebuie să aleg azi numele. E ceva serios, nu trebuie ales pe grabă.

- Este ceva foarte serios, mami, dar o să găsesc repede un nume, ca să putem ajuta cât mai repede. Povestind așa, nici nu au realizat când au ajuns acasă. Grădinița era relativ aproape de casa unde locuiau, ceea ce era bine pentru Iris, pentru că putea să o ia pe Mina de la grădiniță.

În unele zile, atunci când avea de lucru mai mult, mergea Ana, o prietenă de a lor ce avea fetița la aceeași grădiniță, și în plus locuia aproape de ele. Erau puțini oamenii cu care Iris și Mina luau contact de la un timp. Dar acum nu era momentul să aibă iar momente de tristețe,

Mina avea nevoie de ea sănătoasă și mai ales veselă.

Așadar, se apucă să povestească cu Mina, sperând că se va liniști și va reuși să își suprime dorul de casă ce îi apăsa sufletul. Acum găsise un nou scop în viață și avea să se focuseze pe asta.

Începând de a doua zi, Iris începu să caute tot mai multe informații despre Marius Simionică și asociația sa. Pe lângă acțiunile create de el, Iris observase că era și mulți oameni ce se implicau activ, făcând diverse strângeri de fonduri pentru această asociație.

Unii oameni organizau tombole cu premii, alți oameni scoteau la licitație diverse lucruri, chiar și mașini, iar o persoană decisese să facă lucruri personalizate cu logo-ul asociației, iar o parte din banii strânși, erau folosiți pentru cazurile ce apăreau și unde era nevoie de ajutor.

În timp ce căuta idei și se documenta, citea și noi postări ale lui Marius Simionică.

Felul cum acesta expunea absolut tot ce organiza și faptul că nu se ascundea deloc, făcea ca tot ce iși propunea să fie realizat într-un timp foarte scurt. Permanent era alături de acei copii fără un părinte, acei oameni izolați de societate, de acea parte a lumii pe care mulți nu voiau să știe de ea, ca și când nu ar fi fost.

El nu se ferea să arate realitatea aceea și să ceară ajutorul oamenilor, iar de fiecare dată reușea să facă tot ce își propunea.

Întampinase multe obstacole, unele de natură legală, datorită autorităților locale ce de multe ori dădeau din umeri, iar în plus îi băgau vina lui Marius, datorită faptului că expunea public cazurile sociale pe care le găsea, mulți din oameni dădeau vina pe autorități.

Cu toate acestea, nimic nu îl făcea să dea înapoi și cu cât era împiedicat să facă ceva bun, cu atât mai tare se încăpățâna să meargă înainte.

Nu o făcea pentru el, iar Iris percepea asta din felul cum el de multe ori muncea pâna la epuizare, dormind doar câteva ore pe noapte, iar in rest, lucra la un viitor altfel pentru cei ce aveau nevoie de ajutor. Deși intenția inițială a fost să afle cum să pornească o asociație, acum Iris era inspirată de tot ce reușise această asociație în doar 3 ani.

Era mai mult de un proiect pe hârtie, era destinul unor suflete încercate dar și mărinimia a mii de români din toate colțurile lumii.

În acele momente, Iris se simți mândră că e româncă, și înțelesese că deși plecase din țară, asta nu insemna că nu mai era româncă, că nu era nimic rău în a face alegeri personale asupra destinului său. Datorită acestor alegeri personale, ale ei și ale lui Sorin, viața li se schimbase total.

După cum a observat, Marius Simionică începuse din Anglia tot acest proces legat de asociație și asta era poate cea mai bună decizie.

Posibilitățile celor ce se aflau în Diaspora erau un pic altfel, iar pentru cei plecați, era mai ușor să contribuie la ajutorarea acelor cazuri.

Nu erau doar cei plecați implicați, Marius repeta în postările lui că erau și mulți voluntari în multe orașe din țară. Acei voluntari se ocupau de identificarea acelor cazuri sociale și de asemenea se implicau activ la distribuirea de alimente și ajutoare acolo unde era nevoie. Această asociație era precum o mare familie de oameni frumoși, uniți într-un scop comun, acela de a ajuta.

Având un scop atât de nobil și frumos, prezentând cazurile zi de zi, fără a ascunde ceva, totul se realiza repede și cu succes. Un asemenea proiect părea un vis măreț, însă nu imposibil de realizat. Nimic nu era imposibil pentru cei ce aveau mentalitatea și atitutudinea potrivită.

Un învingător mereu va reuși să își construiască o cale, nu un zid. Fiecare pas pe care îl facem în viață ne crează viitorul, iar de noi depinde cum pășim, cu încredere și curaj sau cu teamă și neîncredere.

Puterea de a inspira

Perdeaua timpului acoperea discret amintirea trecutului, iar Iris regăsea în sufletul ei bucuria de a trăi, de a visa și de a spera. Acea nouă viață îi oferise multe oportunități, însă odată cu asta, plătise un preț. Știa că mereu va plăti ceva în schimbul fericirii sa. De data aceasta, prețul a fost pierderea contactului des cu familia ei și cu prietenele ei. Deși vorbeau la telefon și câteodată se vedeau pe rețelele de social media, pentru Iris nu era precum ar fi fost sa se fi văzut față în față. Bucuria îmbrățișării nu se putea înlocui cu nimic. Încă o dată Iris înțelesese că nu putea avea tot și că fiecare bucurie aducea cu ea și o tristețe. Tare ciudat!

Plecase în acea zi să se relaxeze și să se gândească la ce avea să facă mai departe. După o perioadă, în care acceptase un job în îndustria marketing-ului deoarece a fost ceea ce își dorea la acel moment, acum decise că era timpul pentru o schimbare. Simțea că nu aceasta era calea ei în viață și că Dumnezeu o îndemna să își descopere menirea ei cu adevărat. O fire sensibilă și iubitoare, de o simplitate fascinantă, Iris se evidenția prin discuțiile ei interesante și abordarea de teme spirituale în discuțiile cu ceilalți.

Imediat după mutarea în Anglia, Iris începuse să își scrie gândurile pe caiet, poate dintr-un dor profund de casă sau poate din dorința de a se integra în acel loc nou. Iris scria despre amintiri de mai demult dar și despre întâmplări din prezent. Primele rânduri din acel caiet erau despre politețea angajaților de peste tot, începând din aeroport și continuând și în magazine și alte instituții, acolo în Anglia. Cu mici excepții, peste tot era întâmpinată cu un zâmbet și o expresie ce îi părea ca un salut.

"Are you ok?" ce însemna" Ești bine?" sau expresia: " Thank you" ce însemna "Mulțumesc".

Aceste cuvinte, aparent banale, pentru ea avea un efect pozitiv, și o dispunea mult, atunci când se mutaseră în Bournemouth.

Cea care se obișnuise imediat era Mina, care își păstrase zâmbetul drăgălaș pe chip. Pentru Iris, Mina era întruchiparea perfecțiunii, a purității și iubirii. Perfecțiunea este văzută de

mulți dintre oameni precum ceva ce nu conține
greșeli și care nu are absolut nici un defect.
Fie ca e vorba de lucru făcut perfect sau o
persoană, acest privilegiu nu pare la îndemâna
oricui. Totuși, fiecare din noi, avem dorința de a
ajunge la aceasță perfecțiune măcar o dată în
viață. Facem compromisuri, sacrificăm din
timpul nostru în acest scop, renunțăm la alte
lucruri pentru a ne focusa pe asta și din păcate,
câteodată renunțăm chiar la oamenii ce ne
iubesc, pentru că avem impresia că ne încurcă în
planurile noastre.

Cum ar putea să ne încurce cei care ne
iubesc când ei sunt alături de noi tocmai pentru a
ne ajuta și a ne ridica, a ne transforma in cea mai
bună variantă a noastră prin iubirea ce ne-o
poartă! Dar oare cum am putea noi să ne rupem
de ei, fără să regretăm?
Ar trebui sa fim inconștienți atunci, pentru că
altfel nu pot numi această decizie de a renunța la
oamenii ce ne iubesc.

Iris realiză că ajunsese deja pe plajă, locul ei
preferat unde mergea des, pentru a se relaxa
privind valurile mării și ascultând marea, care
parcă îi vorbea, odată liniștită, alteori agitată.
Se așeză pe plajă, într-un loc mai retras, lângă un
dig, iar de acolo privea marea, fascinată de ea, ca
întotdeauna.

Gândurile lui Iris îi fusese întrerupte de valurile mării şi de ţipetele de bucurie ale unui copil ce apăruse deodată pe plajă. Involuntar, Iris întoarse capul să vadă cine era acel copil şi văzu un băieţel ce părea să aibă în jur de 13 ani.

Imaginea ce îi apăru în faţa ochilor o tulbură teribil. Doi ochi negri frumoşi priveau marea albastră, iar părul creţ, negru ca abanosul, era răvăşit uşor de vânt.

Zâmbetul de pe faţa lui era molipsitor şi Iris zâmbi şi ea, cu aceeaşi naturaleţe ca şi el.. Privirea îi alunecă mai jos, iar în acel moment zâmbetul ei dispăru.

Acel copil atât de fericit era într-un cărucior cu rotile. Mâinile i se mişcau des, pe lângă corp, iar picioarele îi erau acoperite de o păturică albastră. Alături de el stătea o femeie frumoasă, înaltă, brunetă, cu părul creţ şi lung, ochii negri, la fel ca ai lui. Amândoi păreau atât de fericiţi şi Iris se uita la ei insistent, fără să realizeze.

Deodată, băieţelul, parcă simţind privirea ei aţintită asupra lor, întoarse capul direct spre ea. Instantaneu, Iris simţi cum se roşeşte şi întoarse privirea. Nu trecu 5 minute şi auzi chiar lângă ea, vocea lui cristalină.

El venise langă ea şi zâmbi, după care se prezentă.

- Hi, I am Angel/ Bună, eu sunt Angel.
- Hi, I am Iris/ Bună, eu sunt Iris.
Iris începu să vorbească cu Angel și mama lui, ca și când se cunoșteau de mult timp.

Povestea lor era una foarte tristă.
În urmă cu un an, au avut un accident de mașină Angel era în mașină în acel moment, împreună cu părinții săi, plecați în primul concediu din an.
La radio cânta melodia Happy, iar Angel fredona melodia, râzând și bătând din palme.
Lora se uita la el și zâmbea din spate. În acea zi Angel o rugase să îl lase să stea în față, alături de tatăl său. În timp ce Angel cânta, tatăl său bătea ritmul cu o mână pe volanul mașinii, uitându-se din când în când la el, apoi la Lora, prin oglinda retrovizoare.

La un moment dat, Angel se uită la tatăl său, continuând să cânte refrenul acelei melodii frumoase. Tatăl său se uită la el, îi zâmbi cu drag, fericit cu adevărat. În acele momente, Angel se gândea că fericirea adevărată nu poate fi falsificată sau impusă. Ea se simte și se manifestă fără limitări sau preaviz. Nimeni nu poate mima fericirea adevărată, decât pe cea falsă, de moment și doar de efect. Unele din cele mai frumoase amintiri sunt cele în care ne simțim fericiți cu adevărat pentru un timp scurt.

Câteodată sunt atât de intense și perfecte acele momente, încât ni le readucem aminte des, pe parcursul vieții.

Momentul în care el și tatăl său s-au privit și au zâmbit, a fost ultimul moment petrecut împreună. Mașina în care se aflau s-a ciocnit de o alta, ce venea din sens opus și care a intrat în depășire, fără să se asigure.

Impactul a fost atât de mare, încât mașina lor s-a răsturnat și a ieșit de pe șosea, oprindu-se doar după câțiva metri, pe o câmpie plină de maci roșii.

Iris asculta cu tristețe acele cuvinte, ștergându-și lacrimile ce îi curgeau pe obraz. I se părea nedrept ce pățiseră ei. Avusese, în timp, multe momente în care a simțit că îi este greu, însă acum înțelegea, încă o dată, ce mult se înșelase Iris asculta povestea lui Angel, acel băiețel deosebit care simțise nevoia de a comunica cu ea.

Iris nu avea o explicație logică pentru această apropierea instantă, însă simțea că acel băiețel avea nevoie să fie ascultat de ea și ajutat.

Câteodată, Dumnezeu ne trimite în cale oameni ce au suferit și suferă mai mult ca noi, pentru a ne face conştienţi că mai există dureri la fel de mari sau mai mari, în lume.

Unii oameni au parte de dureri pe care în timp le depăşesc sau măcar reuşesc să le înţeleagă şi să le accepte, însă alţi oameni trăiesc în durere fizică sau psihică, continuă, involuntar de voinţa lor şi fără putere de a se vindeca. Sunt oameni ce au o durere atât de mare încât le e teamă de multe ori să o spună cuiva.

Soluţia acestora e acceptarea dar în acelaşi timp focusarea atenţiei lor asupra binecuvântărilor ce se revarsă peste ei. Iris realiză atunci că acel băieţel era mult mai puternic decât ea, deoarece deşi se afla într-un scaun cu rotile, el chiar părea fericit, deşi avusese dureri atât de mari.

Poate că îşi impuse asta pentru a putea asimila tot ce i se întâmplase. Indiferent de motiv, era un suflet puternic, demn de admirat.

Angel povesti cum îşi pierduse cunoştiinţa, apoi se trezise la spital, cu dureri insuportabile.

Cu toate eforturile medicilor, tatăl său murise din păcate. Mama sa, scăpase ca prin minune, avea doar răni uşoare care nu îi puneau viaţa în pericol.

El, în schimb, a primit vestea îngrozitoare că

a paralizat și doctorii nu îi dădeau nici o șansă de vindecare. Totuși, printr-un miracol, au reușit să îi facă o operație la coloana vertebrală și după mai multe terapii și intervenții, Angel a reușit să își miște din nou capul și mâinile. Din păcate, la picioare nu a funcționat nimic și nici o terapie sau intervenție medicală nu a reușit, de aceea era țintuit într-un scaun cu rotile.

Iris se uită la el și simți nevoia să îi spună că îi pare rău. Angel se uită la ea zâmbind, spunându-i că e ok, deja se obișnuise așa și în plus avea alături pe mama lui, ce se ocupa de el și se simțea binecuvântat că o are.

După ce au mai stat un pic de vorbă, timp în care Iris le-a spus în mare povestea ei și că are o fetiță, cei doi s-au despărțit de ea, cu promisiunea că se vor revedea curând.

Se făcuse deja rece, iar Lora era îmbrăcată subțire, la fel și Angel. Amândoi o îmbrățișară pe Iris cu căldură și afecțiune, apoi se îndepărtară, făcând cu mâna din când în când.

Iris se uită după ei, până îi pierdu din vedere, în întunericul ce se lăsase. Realizând de abia atunci cât de mult a trecut de când a plecat de acasă, ea apelă imediat pe Sorin, ce răspunse imediat.

- Bună, iubita mea frumoasă. Ce faci?

- Bună, iubitul meu soț și tătic. Sunt bine, efectiv am pierdut noțiunea timpului.

Am ajuns pe plajă și am cunoscut pe cineva care m-a impresionat enorm, pe nume Angel.

Iris aștepta ca Sorin să zică ceva, însă el tăcea.

(O, Doamne, cum să spun asta, sigur crede că vorbesc de un bărbat).

- Sorin, mai ești la telefon?

- Da, mai sunt. Mai stai? Mina întreabă de tine și te roagă să îi iei o înghețată de căpșuni când vii.

- Nu mai stau, chiar acum vin spre casă. Tu vrei ceva de la magazin?

- Vreau ceva, dar nu se găsește la magazin.

- Nu? Atunci unde?

- La tine. Pe tine te vreau.

- Ce frumos! La asta chiar nu m-am gândit.

Apropo, să știi că nu m-am exprimat prea bine mai devreme. Am cunoscut pe cineva, însă era un băiețel de 13 ani cu mama sa, care mi-a povestit povestea lui, dintr-un cărucior cu rotile.

Sorin răsuflă ușurat, apoi o certă puțin.

- Tu vrei să mă faci să fac cu inima? Știi cât de tare bate acum? De ce nu ai zis așa de la bun început?

- Chiar nu este asta intenția mea. Mă iubești mult, cred, nu-i așa?

- Nu te iubesc mult, ci infinit de mult.

- Și eu pe tine și pe Mina. Ne vedem acasă imediat. Te pup.

- Te pup și eu, spuse Sorin, apoi închise telefonul.

Simplitatea cu care comunicau părea poate banală pentru mulți, însă pentru ei era calea adevărului, a liniștii și a iubirii.
Ei doi știau că nu aveau nevoie de cuvinte sofisticate pentru a își exprima sentimentele. La ce folos era să păstrezi distanțare față de persoana cu care ești, dacă o iubești cu adevărat, sau de ce să eviți să spui des cuvinte frumoase, doar pentru a evita să nu arați banal sau copilăros în fața lumii.

Această lume în care trăiau era tot mai distantă și rar mai găseau prieteni adevărați, îi puteau număra pe degete, atât de puțini erau.

Dar pentru ei nu conta să aibă mulţi aşa-zişi prieteni ce apăreau doar când le erau bine, ci contau doar cei care le erau alături de mult timp, fără interese meschine.

Ziua aceea a fost pentru Iris o conştientizare a importanţei armoniei interioare.

Datorită întâlnirii dintre ea şi Angel cu mama lui, Iris a avut parte de o lecţie de viaţă.

Să îţi menţii armonia ta şi să o răspândeşti celor din jur era ceva deosebit, iar Angel făcea asta, deşi traumele prin care trecuse erau imense.

Iată că, deşi a trecut prin ele, a reuşit să îşi menţină spiritul viu şi să inspire prin puterea lui de a zâmbi durerii, dacă se putea spune aşa.

Durerea lui dublă nu l-a dus în depresie, ci l-a întărit în caracter şi l-a făcut să fie conştient de binevântarea ce a rămas lângă el, mama sa.

Zâmbetul, bucuria din priviri, felul cum vorbea, totul se armoniza într-un mod perfect.

Cum să fie aşa un copil ce şi-a pierdut tatăl şi a rămas paralizat pe viaţă?

Iris gândi că aceea poftă de viaţă, acel zâmbet, nu ar fi existat, dacă mama sa nu ar fi fost lângă el.

Poate că faptul că ea a supraviețuit, a fost cu scopul de a avea grijă de el, dar asta nu însemna că tatăl său nu ar fi făcut asta, ci doar că așa a fost să fie. Când acceptăm ce se întâmplă în viața noastră, deși câteodată e ceva extrem de dureros, atunci înțelegem cât de prețioasă e fiecare clipă și nu mai pierdem timp, amânând să spunem sau să facem ceva.

Angel păstrase în suflet pe tatăl său, iar acolo îl găsea de fiecare dată când i se făcea dor de el. Greu de înțeles pentru Iris, de aceea se mulțumi să țină minte inocența din privire dar și puterea sa. Își dorea mult să îl întâlnească din nou și să îi facă cunoștiință cu fetița ei, deoarece Mina aducea bucurie oricărui copil sau adult, prin energia și bunătatea ei și era convinsă că se vor plăcea și înțelege. Tocmai de aceea, atunci când ajunse acasă, le povesti la amândoi despre Angel.

Sorin și Mina au rămas impresionați și au promis că vor merge cu ea într-una din zilele următoare.

Cu toate că nu a durat mult până să meargă iar în acel loc, Iris nu i-a mai găsit pe Angel și Lora.

Poate că acele momente și acea întâlnire a fost suficientă pentru ea, sau poate că se va întâlni cu ei din nou într-un alt moment, când va simți că îi lipsește ceva din viața ei, deoarece era clar că întâlnirea cu Angel a fost pentru ea un mod de a conștientiza încă o dată, tot ce avea.

Nu era vorba de bogății materiale sau statut social sau profesional, ci de iubirea lui Sorin și a Minei, de sănătate și de prietenii care îi erau alături, chiar și atunci, când plecase din Sibiu.

Mulțumi din nou lui Dumnezeu și se rugă pentru Angel și mama sa, să aibă putere să meargă înainte și să continue să se bucure de faptul că se aveau unul pe celălalt, la bine și la rău.

Într-o după amiază, Iris se pregăti să plece din nou în plimbarea sa zilnică, prin parcul central, precum și pe plajă, pentru se destinde și a își pune ordine în gândurile nenumărate.

De obicei mergea cu Mina, sau atunci când Sorin ajungea mai repede de la lucru, mergeau toți.

În aceea zi, Mina era preocupată să se uite la un serial de desene nou apărut, iar Sorin lucra la un nou proiect, așa încât Iris plecă singură.

Se îmbrăcă cu paltonul său preferat, lung,
de culoare crem, care avea la mâneci și guler
blăniță de culoarea neagră.

Luna Noiembrie era o lună friguroasă, în special
acolo, în Bournemouth, oraș aflat la mare, pe
coasta de sud a Marii Britanii, dar pentru Iris,
asta nu era o problemă, deoarece liniștea ce
o căpăta după aceste plimbări era tare benefică
pentru ea.

    După ce se plimbă puțin prin parc, se îndreptă
spre mare, unde ajunse în scurt timp.

Acolo, zgomotul mării, valurile ce veneau și se
îndepărtau, o făcu pe Iris să își aducă aminte de
Sibiu, deși nimic din ce era acolo nu se asemăna
cu orașul ei. Sentimentul de acasă, de dor, de
fericire, puse stăpânire pe gândurile ei. Fără să
realizeze, lacrimi fierbinți începură să îi curgă pe
obraji.

Oare de ce era cuprinsă așa deodată de dor de
casă, de tristețe, de înstrăinare față de acel loc în
care se mutase cu familia ei?

Iris își șterse lacrimile și scoase telefonul din
buzunar, apelând pe persoana ce îi aducea liniște
de fiecare dată când vorbea cu ea.

Mama, cea care îi dăduse viață, era mereu alături de Iris, chiar și atunci, când le despărțeau atâția mii de kilometri.

- Mami? Sunt eu Iris, spuse ea, atunci când auzi că răspunde.

- Iris, ce s-a întâmplat? Sunteți bine?

- Da, suntem bine.

- Iris, te cunosc, după voce îmi pot da seama.

- Of mami, da, mă cunoști. Adevărul e că nu există nici un motiv serios pentru care nu mă simt bine, ci doar îmi e dor de casă, de voi toți de acolo. Deodată mă simt străină în aceste locuri, și îmi doresc să vin acasă.

- Te cred și te înțeleg, e greu să stai într-un loc nou, după ce ai locuit vreme de 28 de ani în același oraș. Dar nu te-ai mutat acolo definitiv. Nu mai e mult până veniți acasă, nu?

- Ai dreptate, nu e pentru totdeauna.
E foarte frumos aici, Minei îi place mult, și-a făcut prietene la grădiniță, iar Sorin mereu ne scoate la plimbare și petrecem timpul tare frumos. Acum am ieșit doar eu, dar știi că mai mult ieșim împreună.

Ca de obicei, m-ai liniștit, așa cum știi mereu să o faci, iar de aceea te iubesc eu așa mult.

- Mă bucur că te-ai liniștit, știi că sunt mereu lângă tine, cu sufletul, dacă nu se poate fizic.

Te iubesc și eu mult, draga mea.

Iris mai vorbi puțin cu ea la telefon, apoi închise, după care privi în zare, la marea învolburată și agitată, ce parcă îi vorbea.

Chipul lui Angel, băiețelul ce îl cunoscuse pe plajă, îi apăru în minte. Iris se rușină de tristețea ei de mai devreme, ce era incomparabilă cu tristețea ce era în sufletul lui Angel.

Acel suflet atât de încercat era atât de puternic deși atât de micuț. De unde își luase atâta putere când avusese parte de atâta durere?

Cum se menținea atât de vesel și pozitiv?

Iris începu să își pună multe întrebări, la care nu avea răspuns. Deși nu era firea ei să compare viața unei persoane cu a altora, o făcuse atunci, din cauza că îi apăruse în minte el, exact când ea plângea de dorul de casă.

Woww, ce suflet puternic era Angel, cât de mult putea inspira pe ceilalți prin curajul său și puterea sa de a iubi viața, chiar dacă a trăit o dramă, iar zi de zi, era nevoit să accepte realitatea că va rămâne într-un cărucior cu rotile, cât timp mai avea de trăit.

O idee încolți în mintea ei, deodată.

"Povestea lui merită cunoscută de ceilalți, iar eu o voi scrie, așa cum o știu, în felul meu, pentru că merită să ne inspirăm de la el, un suflet curat și inocent ce nu caută vinovați sau scuze pentru ceva din viața sa, ci și-a găsit puterea de a merge înainte cu mama sa, în credința sa și în sufletul său frumos și bun."

Cu acest gând, Iris se îndreptă spre casă, acolo unde ființele ei dragi o așteptau să se întoarcă.

Da, se întorcea la ei acum și se ruga la Dumnezeu să îi dea putere să își ducă la capăt promisiunea făcută pe malul mării.

Ridică ochii spre cer în sens de mulțumire pentru toate binecuvântările ce le avea în viața ei.

Cât despre întoarcerea acasă, în țară, știa că într-o zi se va întâmpla și asta, dar până atunci avea să se bucure de cei dragi și să evite tristețea.

Nu era timp de pierdut, căci nimic și nimeni nu îi promitea sau garanta că va trăi o anume perioadă de timp.

Va trăi în fiecare zi ca şi cum ar trăi ultima zi din viaţă, cu pasiune şi din plin, însă fără teamă, deoarece dacă aceasta era prea mare, o putea doborî, iar ea nu voia asta.

Era şi va fi mereu o învingătoare, până la final.

Printed and bound by CPI Group (UK) Ltd, Croydon, CR0 4YY

16/11/2023

03579902-0001